AF504090

# LA GUERRA DE MI HERMANO

## JORDI SIERRA I FABRA

Diseño de la colección: Estudio SM
"Alerta Abierta" realizada por Marisa Fresno, pedagoga

© Jordi Sierra i Fabra, 2004
  www.sierraifabra.com

© Ediciones SM, 2004
  Impresores, 15
  Urbanización Prado del Espino
  28660 Boadilla del Monte (Madrid)

ISBN: 84-675-0178-2
Depósito legal: M-11230-2004
Preimpresión: Grafilia, SL
Impreso en España / *Printed in Spain*
Imprenta SM - Joaquín Turina, 39 - 28044 Madrid

*Esta historia sucede en algún
momento de la primera década
del siglo XXI y ha sido escrita
en junio de 2003.*


*A la inocencia.*

**1**

*El día que mi hermano se marchó a la guerra fue el más duro de nuestras vidas.*

*Bueno, no exactamente «ese día», sino el anterior, el último que estuvo en casa.*

*Vivíamos todos juntos, como cualquier familia, nuestros padres, Marcos, Leti, Luis Enrique y yo.*

*Me llamo Gabriel. Yo entonces tenía diecisiete años.*

*Lo que sucedió ese día no es fácil de explicar. Ni siquiera el hecho de que ya haya transcurrido un año lo hace más sencillo. La distancia no borra los sentimientos, aquella borrachera de violencia y repentino odio. Quizá sea lo contrario: los aviva.*

*Hace que todo tenga una dimensión más intensa.*

*Al recordar me doy cuenta de lo más esencial: de que todo cambió y después ya nada ha vuelto a ser lo mismo.*

*Nada.*

*Creo que Marcos no fue a la guerra: la trajo a casa.*

Marcos abrió los ojos de golpe.

Soñaba que se encontraba en un lugar muy lejano, un lugar inquietante, en una cama dura como la piedra, quizá en el cuartel, quizá en el camarote de un barco, quizá en la trinchera. En el sueño se oía un silencio más impresionante que el de la batalla. El silencio ensordecedor de la muerte. Un silencio capaz de convertir todo lo que reinaba en el universo en un simple paréntesis.

Marcos se quedó mirando el techo.

Su techo, su cama, su habitación.

Se quedó quieto unos segundos, tratando de averiguar si realmente estaba ya despierto o aquello formaba parte del sueño. Las dos formas eran reales. La anterior y la presente. Reales porque en ambas él formaba parte del decorado, como una pieza más, y no precisamente la principal.

Cuando comprendió que estaba consciente respiró.

Aquel silencio...

Tan y tan denso.

Suspiró y volvió a cerrar los ojos. Contó hasta diez. Todavía le ayudaba a serenarse. Nunca había sido hombre de arrebatos, pero sabía cómo encontrar la paz tanto si creía haberla perdido como si no.

La paz del último día.

La penúltima noche.

De pronto quiso embeberse de aquella realidad tan habitual. Su techo, sus paredes, su mesa, su armario, su cama, su mundo. No sabía cuánto tiempo pasaría antes de volver a percibir aquellas sensaciones. ¿Un mes? ¿Dos? ¿Medio año?

Miró el reloj. Al día siguiente, a la misma hora, ya estaría en danza. Habría cambiado la familia por los compañeros, una madre solícita por un sargento de hierro que hablaba a gritos, la música y los libros por los silencios de las guardias y los sonidos de lo desconocido, primero en el barco, después...

Ni idea.

Igual que el título de aquella película, *El viaje a ninguna parte*.

Marcos apartó el embozo de la cama y se puso en pie. Domingo. Todo un detalle, por parte de quien fuera, dejarles pasar el último domingo en casa, con la familia. ¿Quién dijo que el Ejército es un padre exigente y sin corazón?

Abrió la puerta de su habitación y agudizó el oído. Otra clase de silencio lo envolvió. Todos dormían.

Bueno, no, no todos. De la cocina le llegó el suave rumor de una actividad conocida.

Su madre.

Ya en pie, ya en guardia, ya dispuesta a que todo funcionase a la perfección.

Marcos cruzó el pasillo perpendicularmente, descalzo, sin hacer ruido, y se metió en el cuarto de baño. El espejo le devolvió su imagen juvenil pero musculosa, bien torneada, llena de vigor, pura fibra.

Se dirigió una breve sonrisa de ánimo y se guiñó el ojo.

Su otro yo del espejo parecía serenamente feliz.


Encarna tenía el oído muy, muy fino.

Cuatro hijos eran suficientes para haberlo agudizado en extremo.

Escuchó la puerta del cuarto de baño cerrándose de forma apenas perceptible, y reconoció los movimientos pausados de Marcos. Gabriel era más notorio, Leticia, una apisonadora, y Luis Enrique... Cuando su hijo pequeño abría un solo ojo, por lo general la casa empezaba a temblar.

Así que se trataba de Marcos, y si su hijo mayor ya estaba en pie significaba que no podía dormir.

Trató de pensar de forma positiva, pero no pudo.

Trató de imaginar que después regresaría a la cama para aprovechar su última mañana haciendo el vago.

Lo intentó.

Mientras, acabó de preparar las tazas, los platos, la comida, los cereales, las naranjas para hacer los zumos, el chocolate, la leche, el café...

Aunque en domingo cada cual iba a su bola.

Los tiempos en que desayunaban juntos habían pasado al olvido.

En las películas americanas, en cambio, daba la impresión de que las buenas costumbres y las tradiciones se mantenían. Así que tal vez en eso todavía defendieran la esencia de la familia como unidad.

Tal vez.

O pudiera ser que viera demasiadas películas. Sus hijos decían que se lo creía todo.

—Hoy es distinto –suspiró.

Desayunar juntos, comer juntos, cenar juntos. Una fiesta para Marcos. Una fiesta para todos. Y a no llorar. A ser fuerte. No a la tristeza.

Salió de la cocina y se acercó al cuarto de baño. No fue premeditado. Simplemente se encontró allí, escuchando tras la puerta. El sonido del agua de la ducha al caer con estrépito le hizo ver que Marcos no regresaría a la cama, que no era cuestión de orinar y recuperar el sueño. Era una puesta en pie definitiva, así que el desayuno iba a ser el siguiente paso.

Encarna llamó con los nudillos.

—¿Hijo?

Ninguna respuesta. El agua seguía ametrallando el suelo de la bañera.

—¿Marcos? –insistió.

El sonido cesó de golpe.

—¿Qué, mamá? –le llegó la voz de su hijo mayor.

—¿Quieres algo especial para desayunar?

—No, y no tengo hambre.

—¿Cómo que no tienes hambre? –se envaró.

—Mamá, no empieces.

—No empiezo, pero has de desayunar.

—He de hacer un montón de cosas –Marcos raramente alzaba la voz. Tampoco lo hizo en esa ocasión aunque seguían hablando con la puerta de por medio.

—¿Hoy?

—¿Cuándo quieres que las haga, mañana?

—Pero...

—¡Mamá!

No era una protesta. Ni un grito. Solo un rendido «No seas plasta» mezclado con una expresión de cansancio.

Encarna no se movió de su posición de combate.


Rodrigo escuchó la discusión desde la cama.

Apretó los labios, se hundió en sí mismo y trató de evocar un pasado muy inmediato, tan próximo que parecía que podía tocarlo con las manos invisibles del recuerdo, cuando las cosas eran distintas, cuando Encarna todavía no se había convertido en una madre sufridora.

¿Cuándo sucedió todo?

¿Fue el día en que nació Marcos, el primero?

Si era así, solo había estado casado con la mujer de antes, la que lo enamoró, dos únicos años.

Dos años llenos de promesas y de sueños rápidamente olvidados.

Después llegó Gabriel, y sin apenas un respiro Leticia, y la guinda fue Luis Enrique, cinco años después, cuando ya no creían... Del primero al último apenas diez años. Una madurez fulminante, agravada por el accidente de Gabriel, que estuvo a punto de costarle la vida.

Aquel resultó ser el punto de inflexión absoluto.

Rodrigo se puso boca abajo y se tapó la cabeza con la almohada. Las voces de su mujer y de su hijo, esta última más amortiguada tras la puerta del baño, llegaron hasta él con la misma persistencia aunque con menor intensidad. Encarna era incapaz de comprender.

Ni siquiera se sentía orgullosa por Marcos, solo dolida.

Qué absurdo.

Dolida porque un hijo cumplía con su deber. Como si le diera la espalda a ella, «su» madre.

Las voces dejaron de escucharse. No hubo ganador ni perdedor. Una discusión más. Otra vuelta de tuerca. Encarna era igual que un fósforo. Se rascaba con todos y se prendía con todo. La noche pasada, al acostarse, la oyó llorar. Pensó que él ya dormía, ahogó las lágrimas y se deshizo igual que una fina arenilla. Y él se hizo el dormido. ¿Consolarla? ¿Para qué? ¿Cómo consolar a una esponja? Encarna lo absorbía todo. Ellos, ellos, ellos, Marcos, Gabriel, Leticia y Luis Enrique.

Ellos.

Hasta él había dejado de existir.

¿Cuándo escogieron caminos divergentes?

Rodrigo quiso quedarse en cama.

Pero no era el día más adecuado para desertar. Al contrario. Era el día para estar en primera línea, codo con codo con Marcos. Era el día de Marcos, pero también el suyo.

Así que apartó el embozo de la cama para ponerse en pie.

Y lo hizo dispuesto a no ceder por nada.


Leticia abrió los ojos sobresaltada.

¿Voces? ¿Un portazo? ¿Un sueño?

Prestó atención, pero del otro lado de la puerta no percibió nada extraño. Se concedió unos segundos hasta estar tranquila y se volvió del lado derecho de la cama, para quedar de cara al póster tamaño natural que cubría la pared de ese lado entre una docena de más pequeños.

—Buenos días.

En su mente escuchó una respuesta imposible: «Buenos días. ¿Has dormido bien?»

—Claro, cariño. Contigo cerca...

La nueva respuesta silenciosa le hizo sonreír aún más. Se revistió de coquetería.

—¡Tonto!

Se tomó aún más tiempo antes de agregar:

—Sí, no estuvo mal.

Contempló los ojos de Carlos Caro, la sonrisa distendida y cautivadora de sus labios, su silueta perfecta, el torso desnudo y bien proporcionado, los brazos abiertos, como si fuera a abrazarla, y en esa contemplación quemó sus primeros minutos. Apenas si le quedaban ya fantasías que imaginar. Todas habían pasado por su mente juvenil. Todas, hasta las que más harían enrojecer a cualquiera, pero no a ella.

Cualquiera de las chicas que conocía tenía las mismas.

Y el resto de fans de la última estrella pop.

Leticia se desperezó. Por la ventana, con la persiana subida, el día surgía claro y hermoso, lleno de expectativas. Cuando recordó que no era un día como los demás, su frágil estabilidad emocional se vino abajo. El tiempo suficiente para pensar que un domingo perdido era un domingo irrecuperable.

Se levantó de la cama, se acercó al póster y le besó en los labios.

Después le miró fijamente a los ojos.

—El miércoles mírame a mí por lo menos una vez, ¿vale? Una sola vez.

Todo parecía diferente desde que él estaba allí. Sus canciones, su carisma, su calor humano...

—Si no te tengo a ti, tendré que ir a por Pablo, ¿sabes? Lo cierto es que me gusta mucho. Y no es una amenaza, aunque... tú mismo.

Carlos Caro no se movió. Su imagen de papel, a todo color, daba la impresión de pasar de todo.

Un sueño colgado en la pared.

Leticia no pudo entretenerse más. Siempre le sucedía igual. En cuanto ponía los pies desnudos en el suelo, se le aceleraban las ganas de hacer pis. Salió de su habitación y cubrió con tres rápidos pasos la distancia que la separaba del cuarto de baño pequeño, el que tenían asignado Luis Enrique y ella. Abrió la puerta de golpe, sin llamar, y se encontró a su hermano pequeño sentado en la taza, leyendo un cómic.

—Podrías cerrar la puerta, ¿no? –le espetó con disgusto al verle allí.

—Y tú podrías llamar, ¿vale? –le respondió el niño sin inmutarse.

—Bueno, ¿qué? –lo apremió–. ¿Es que vives aquí? Siempre estás sentado y leyendo.

—Cállate o no tiro de la cadena –la amenazó Luis Enrique.

La reacción fue la habitual. Desde la puerta, Leticia entonó su cantinela más sufrida:

—¡Mamá!

La segunda «a» esparció sus ecos lastimeros por el pasillo, llenó toda la casa, propagó su disgusto hasta el último rincón.

El único que debió de quedarse tal cual fue Luis Enrique, que siguió leyendo su cómic.


Gabriel gimió en su cama y soltó una retahíla de imprecaciones dirigida a su hermana.

Tanto le daba que tuviera catorce años, que estuviese «en la edad del pavo», que a veces fuese verdaderamente adorable, genial o divertida: aborrecía sus discos horteras, sus pósters de niñatos, su tontería de fan loca y desatada, sin antídotos posibles hasta que no despertara por sí misma. Y, sobre todo, en momentos como aquel, odiaba su voz de pito.

La mandaría por mensajero a Singapur.

Estrechó un ojo, miró el reloj y entonces sí, soltó un agotado:

—¡Joooder!

Quizá pudiera volver a pillar el sueño. Quizá no sucediera nada más. Quizá...

La primera bronca del día había estallado al otro lado de la puerta.

Su madre contra Luis Enrique, Luis Enrique contra Leticia, Leticia contra el mundo entero.

Tal vez todo fuera una forma de autodefensa. Leticia era la única chica contra tres chicos. Su pose, su manera de ser, reivindicaba su feminidad y la necesidad de mantener su espacio y su identidad. Tal vez. Pero, ¿tanto?

Gabriel comprendió que no iba a poder seguir durmiendo cuando la discusión aumentó de tono.

Siguió en cama, resistiéndose, prolongando el momento de salir a la jungla.

Detuvo la mirada en el ordenador y eso le hizo sentir más ánimo. El día anterior había sido decisivo. Por fin. Las palabras le salieron con una fluidez asombrosa, las ideas aparecieron como si siempre hubieran estado ahí y, ahora, un tapón acabase de abrir el compartimento liberándolas. Jamás lo hubiera creído, pero lo tenía todo, el tono para la historia, el estilo... Lidia tenía razón. Necesitaba intentarlo, pero más aún creérselo.

Se sintió bien.

Con ganas de ponerse de nuevo frente a la pantalla, y seguir escribiendo.

Su mente pasó de aquella historia a Lidia.

Calma.

¿Y si ella solo le mostraba una amistad más cálida de lo normal? ¿Y si lo único que pretendía era darle ánimos para hacer justo lo que había empezado a hacer: escribir? ¿Y si...?

La pelea llegó a la cumbre. Y esta vez, como solía ser siempre, con todos contra Luis Enrique, porque la voz autoritaria y terminal de su padre cortó la espiral de las discusiones.

Pobre Luis Enrique.

Siempre se lo cargaba todo, la mayoría de veces con razón, pero otras...

Y lo más seguro era que, en un día como aquel, no se enterase de nada ni comprendiera nada.

# 2

*El día que mi hermano se marchó a la guerra, los nervios estaban a flor de piel.*

*Cada uno de nosotros lo veía desde su propia perspectiva, y me daba cuenta de ello. Para Luis Enrique, por ejemplo, era emocionante. Ninguno de sus amigos tenía un hermano que se fuese a la guerra. Eso le hacía sentir diferente, importante. De pronto era el chico más popular de su clase. Del colegio entero. Desde el mismo momento que Marcos nos dijo que embarcaba y se iba a la zona de conflicto, Luis Enrique se había sentido desbordado por el orgullo. No todos los días había una guerra.*

*En realidad todavía no había ninguna, pero al menos yo me daba cuenta de que iba a haberla, de que no se enviaba a tantos hombres a una zona en conflicto porque sí. Por esa razón empleo las palabras adecuadas al momento. Lo hice entonces y lo hago ahora. Por esa razón nunca he dicho «el día que mi hermano se fue a Oriente Medio» o «el día que mi hermano se fue de misión humanitaria». Por Dios, menudo eufemismo.*

*Una mentira no deja de serlo porque se diga con palabras suaves.*

*Luis Enrique era el más inconsciente. El resto no. Leti se hacía la indiferente, empleaba la eterna cantinela propia de la adolescencia: «Nunca pasa nada».*

*Por eso luego las consecuencias eran peores.*

*La sorpresa, el desconcierto...*

*Leti le daba la espalda a la realidad, se escudaba en sí misma, se protegía del mal exterior. Lo hacía sumergiéndose en su universo de sueños y romanticismos. Su pequeño mundo presidido por el guaperas de turno, las canciones y las modas que las unificaban a todas y las cortaban por el mismo rasero. Todas sus amigas estaban igual. Dudas acerca de su cuerpo, de sus emociones, de las respuestas a las preguntas que las acosaban... Demasiado niña para comprender, pero ya demasiado mujer para ignorar.*

*Luis Enrïque y Leti eran frágiles, y yo entonces no me daba cuenta.*

*Era mucho más intransigente que ahora.*

*Toda aquella aventura que distanciaba a nuestros padres, que apartaba a Leti y que tanto seducía a Luis Enrique, se convirtió en una espiral imparable a lo largo de aquel último día.*

*Y por supuesto, de entrada, fue mi hermano pequeño el que más intervino en ello.*

—¿Adónde vas exactamente?

—A Oriente Medio.

—¿Por qué lo llaman «medio»?

—No sé. Porque está en medio, supongo.

—¿Pero en medio de dónde?

—Pues de Oriente, es decir, a mitad de camino entre nosotros y Oriente.

—Ya, pero si todo el mundo lo llama Oriente Medio, hasta los americanos...

—Mira, oye: yo me llamo Marcos y tú Luis Enrique, ¿vale? Hay que ponerle un nombre a las cosas y ya está.

Luis Enrique colocó un mapa mundi sobre la mesa. Parecía muy determinado a no rendirse y a seguir con las explicaciones. Era su última oportunidad.

—Dime a qué lugar vas.

Marcos puso cara de dolor de estómago.

—¿A qué viene esto hoy?

—Es que se me había olvidado preguntártelo.

—Serás pesado...

Luis Enrique exhibió una de sus contumaces sonrisas. Una manera de decir «sí, ¿verdad?», pero sin mostrar la menor predisposición a ceder. Marcos la conocía de sobra.

Se rindió y miró el mapa.

—Vamos a patrullar por aquí –puso un dedo en la parte más alejada del Mediterráneo.

—¿Y dónde desembarcaréis?

—No sabemos si vamos a desembarcar.

—Pero si tuvierais que desembarcar...

—Entonces dependerá de lo que digan los que mandan. ¿Crees que nos lo dicen todo o qué?

—Deberían.

—Yo solo soy un soldado de a pie.

—Ya, pero en la guerra...

—Luis Enrique –Marcos lo detuvo–, no hay guerra, hay un conflicto. Y en segundo lugar, recuerda: nosotros vamos a ayudar, únicamente en misión humanitaria. Nada de tiros.

—¿Qué es una misión humanitaria?

—¡No seas plasta! –gimió sintiéndose agotado.

—En serio, venga, cuéntamelo.

—Pues lo dice la palabra: vamos a ayudar a los demás, a personas. Eso es humanitario.

—Así que ayudarías a los buenos.

—No hay buenos ni malos. Los ayudaremos a resolver los conflictos.

—Ese de los americanos, el que manda...

—El presidente.

—Ese –asintió Luis Enrique–. Dice que ellos son terroristas.

—Todos no, pero eso es muy complicado. El pueblo árabe es inteligente, culto. Recuerda que nosotros procedemos en gran parte de ellos, de cuando estuvieron aquí.

—En nuestro cole hay un chico árabe y es muy buen tío.

—Todos lo son, pero a veces los que mandan no lo son tanto.

—¿Y vas a disparar?

—No voy a disparar a nadie –lo deletreó casi sílaba a sílaba, y luego, en un tono más conminante, agregó–: ¡Y baja la voz, que bastante nerviosa está mamá!

Luis Enrique miraba el mapa.

Israel, Líbano, Jordania, Egipto, Siria, Arabia Saudí, y más allá Turquía, Kuwait, Irak, Irán... Parecía demasiado. ¿Cuál era el enemigo? ¿Todos contra todos? ¿Y los americanos y las fuerzas europeas y...?

—Si todo esto es desierto, no debería ser muy complicado dar con los terroristas, ¿o tienen túneles bajo tierra?

—¡Anda ya, pesado! –Marcos se lo quitó de encima riendo y se levantó–. ¡A ver si vas a darme la lata todo el santo día!

—¡Jolín, luego me decís que pregunte cosas! –se quejó Luis Enrique–. ¡Lo que pasa es que no tienes ni idea! ¡Ya verás como luego te meterás en un lío por no saber qué hacer!

—¡Te voy a...!

Luis Enrique salió de la sala a la carrera y esquivó lo justo a su madre para no darse de bruces con ella. Esta vez no hubo gritos. La dejó atrás, frente a la puerta de la habitación de Gabriel, mientras él se refugiaba en la suya.


Encarna entró en la habitación de Gabriel tras llamar quedamente en la puerta y recibir el permiso de su hijo. Creía que se lo encontraría tumbado en la cama, ganduleando, o leyendo algo. Pero estaba sentado en su mesa de trabajo, escribiendo en el ordenador.

—Buenos días.

—Hola, mamá.

—¿Has visto la hora que es? ¿No vas a desayunar?

—No, no tengo hambre.

—Hijo, el desayuno...

—Es la comida principal del día, lo sé. Pero no tengo hambre.

No la había mirado. Hablaba y escribía al mismo tiempo. La expresión de disgusto de la mujer no halló el menor eco en él, así que Encarna no supo qué hacer. Paseó los ojos por aquella selva en estado crítico y se sintió rendida. Por una vez, se sintió rendida. Aquel día todo se le hacía una montaña. Hasta discutir con ellos.

Y no podía ceder.

Necesitaba sentirse fuerte o se derrumbaría.

—Gabriel.

—¿Sí, mamá?

—¿Quieres mirarme?

Su hijo dejó de teclear. Puso cara de fastidio. No se había lavado los dientes ni la cara, ni tampoco se había peinado, así que tenía el cabello alborotado y largo, hasta casi los hombros, con una camiseta de un grupo de rock duro por encima, su expresión era la de un salvaje. O al menos así se lo parecía a ella.

Un salvaje de diecisiete años que en apenas dos casi se había convertido en un desconocido.

—Arregla esto –le conminó.

—Vale, ya lo haré.

—Ahora.

—¿Qué pasa, que si no almuerzo has de castigarme con algo?

—Gabriel...

Su hijo captó la inflexión.

—Esta mañana, palabra de honor. Ahora quiero acabar esto.

Intercambiaron una última mirada. La de Encarna pasó de enfadada a resignada. La de Gabriel de resignada a tranquila.

Luego ella salió y cerró la puerta.

No tuvo que caminar mucho. Dos pasos. La habitación de Leticia era la siguiente. Tocó la puerta con los nudillos y del interior no le llegó respuesta alguna. Aplicó el oído a la madera y entonces percibió el rumor, como si su hija gimiera.

Abrió la puerta y se la encontró de espaldas, con la camiseta hasta la mitad de los muslos, descalza y bailando desaforadamente. Los auriculares descargaban sobre sus oídos la energía que la impulsaba a moverse, mientras la música fluía por su cuerpo igual que un río. Sus gemidos no eran otra cosa que la letra de la canción, que cantaba con todo sentimiento a media voz.

—Leti.

Nada.

—¡Leti!

Tuvo que tocarle la espalda. Su hija se sobresaltó. Igual que si creyera estar sola en una isla desierta, libre de cualquier mirada furtiva. Volvió el cuerpo y se quitó los auriculares. Al hacerlo, la música salió por ellos a un volumen insostenible.

—¡Vas a quedarte sorda! –fue lo primero que le dijo su madre.

—Mamá, ¿por qué no llamas a la puerta?

—¿Pero tú crees que oyes algo con eso metido en las orejas?

—¡Jo!, ¿es que ya no hay respeto por la intimidad o qué?

—¡He llamado dos veces! ¡Y para ya!

Leticia captó el mensaje. Lo primero que hizo fue bajar el volumen del reproductor de compactos.

—Apágalo y ven a ayudarme –le pidió su madre.

Fue como si le dijera que tenía que saltar por la ventana.

—Mamá...

—¡Leti ya está bien!

—¿Y por qué yo? –no se rindió la chica–. ¿Y ellos?

—Están ocupados.

—¿Y Luis Enrique también?

—No quiero que me rompa nada.

—¡Claro, y la que pringa soy yo! ¡Hala, que para algo está Leti! ¡A ver si también voy a tener que empezar a romper cosas!

Había días en que su paciencia se ponía más a prueba que otros, y ese era uno de ellos..

No dijo nada.

Solo esperó hasta que su hija apagó el reproductor, dejó los auriculares y salió de su habitación pasando como un viento huracanado por delante de ella.


Rodrigo no quiso escuchar la disputa de su mujer y su hija en la cocina. No quería más peleas, y menos aquel día, pero comprendió que, de alguna forma, los nervios tenían que aflorar por algún lado, y mejor que fuese en una trivialidad, como doblar unas sábanas. Tras echar un vistazo a la hora, llamó con los nudillos en la puerta de la habitación de Marcos y esperó.

—¿Sí?

—¿Puedo pasar, hijo?

—Claro, papá.

Franqueó el umbral y cerró la hoja de madera a su espalda. Marcos hizo lo propio con el libro que sostenía entre las manos. No era una novela, sino más bien una enciclopedia.

—¿Qué haces?

—Nada –Marcos sonrió–, pero antes, hablando con Luis Enrique, me he dado cuenta de que no tengo la menor idea de adónde voy. Estaba echándole un vistazo a algunos detalles.

—Si puedo ayudarte.

—No, da igual –se encogió de hombros–. Después de todo dudo de que lleguemos a poner pie en tierra, y aunque lo hagamos... ¿Crees que puedo hacerme una idea en cinco minutos del follón que tienen montado ahí? Yo creía que todos eran árabes y ya está, pero están los chiítas, los kurdos, los suníes...

—Sabemos muy poco de nuestros vecinos, ¿verdad?

—Y que lo digas.

—Recuerda lo que te digo siempre –Rodrigo se sentó en la cama–, fíate de tu corazón pero tamiza los sentimientos con la cabeza. Ni en frío ni en caliente.

—Ya.

—Vas a vivir una experiencia muy fuerte, aunque

no hagáis nada, aunque ni siquiera intervengáis. Algún día lo recordarás, tal vez como lo más importante que te haya sucedido en esta parte de tu vida.

—Por Dios, espero que no –se estremeció Marcos–. Prefiero que lo más importante sean otras cosas que no ir de uniforme y armado a un desierto.

Rodrigo contempló a su hijo mayor.

Alto, fuerte, bien plantado. Su mejor obra.

A veces creía que la única.

—Imagino que no vendrás a comer –fue directo a lo que le había conducido hasta su habitación.

—Cenaré en casa, pero a mediodía me gustaría estar con Noelia.

—Claro, es natural.

—Mamá se enfadará.

—Déjamela a mí.

—Entiendo que esté nerviosa, pero... ¡Santo Dios!, es como si realmente me fuera a la guerra.

—Tranquilo.

—Ya, pero...

—Escucha Marcos –venció el nudo que de pronto se había instalado en su garganta–. Quiero que sepas que estoy muy orgulloso de ti. Muchísimo.

—Ya lo sé, papá.

—No olvides nunca que a tu bisabuelo le mataron los rojos en la guerra, y que a tu abuelo le faltó muy poco para terminar igual –unió los dedos pulgar e índice de la mano derecha hasta quedar separados por un exiguo milímetro–. Yo no estaría, ni vosotros, si aquella maldita bala hubiera acabado con su vida.

—Esto es distinto, papá.

—No, no lo es –negó vehemente con la cabeza–. Hay un orden, una legalidad, una moral... O se está con ello o contra ello. Y tú estás del lado correcto, hijo. Tú y los que irán contigo, bajo la bandera de la paz, defendéis la libertad, el mundo que conocemos. No hay distintas clases de guerras: hay una guerra, siempre la misma. Tu bisabuelo murió por aquello en que creía, y tu abuelo, mi padre, también dio su sangre. Yo no he combatido en ninguna guerra, pero...

—Has sido una isla –comentó Marcos.

—Tú vas a pelear por mí, y también por tus hijos y tus nietos. Por un mundo mejor.

—Un mundo mejor –repitió su hijo.

Rodrigo no se quedó sentado en la cama. Se levantó y antes de que Marcos pudiera evitarlo y le abrazó. El joven se lo encontró encima vencido por la emoción.

Temblaba.

—Eh, papá –susurró.

—Estoy bien, estoy bien –le tranquilizó el hombre.

Un último estremecimiento. La presión final. Cuando se separó, Rodrigo se llevó una mano al bolsillo del pantalón. Sacó de él un puñado de billetes de 20 y 10 euros.

—Toma, debes andar justo de dinero.

—Papá, no es necesario...

—Venga, cógelo, no seas tonto.

—¿Y en qué voy a gastarlo?

—¿No vas a comer con tu novia? Pues en ella. Por bien que vayan las cosas, tardarás en volver a verla.

—Papá, que aún no somos novios.

—Salís juntos, ¿no?

—Sí, pero la palabra «novios»...

—Anda –le puso el dinero en la mano–. Antes, cuando salíamos con una chica tres veces seguidas ya éramos novios. El resto llega con el tiempo, la declaración, la petición de mano y esos rollos. Basta con veros a los dos juntos.

—Eres un romántico.

—¿Yo? En absoluto –lo dijo sinceramente–. Creo que nunca lo fui, ni cuando era joven. No tuve tiempo para romanticismos. Había que trabajar y sacar adelante muchas cosas.

Marcos miró la hora.

—Gracias por el dinero. Invitaré a Noelia de tu parte.

—Bien –le palmeó la espalda.

Salieron de la habitación. Como si tuviera un muelle, Encarna apareció en la puerta de la cocina. Leticia estaba detrás.

—¿A qué hora volverás?

—Temprano, te lo prometo.

—¿Temprano? ¿Qué quiere decir temprano?

—Comeré con Noelia, para despedirme. Y volveré pronto para la cena.

—¿Por qué no viene a comer Noelia aquí, con nosotros, y así...?

—Mamá...

—Déjalos, Encarna. ¿No ves que quieren estar solos?

La madre de Marcos envolvió su resignación con un suspiro. Las comisuras de los labios se le doblaron hacia abajo. La angustia se centró sin embargo mucho más en sus ojos, dos islas perdidas en mitad de su rostro blanco.

—Dale un beso a Noelia de nuestra parte –Rodrigo mantuvo el brazo derecho en la espalda de su hijo mientras lo acompañaba a la puerta del piso.

Encarna se quedó donde estaba, sola.

A pesar de Leticia.

—Bueno, ¿qué, seguimos? No tengo todo el día, mamá.


Cuando acabó de ayudar a su madre, Leticia recogió el inalámbrico de la sala y se marchó con él a su habitación. Una de las cosas que más deseaba tener, y esperaba conseguir para su siguiente cumpleaños, era un móvil. Todas sus amigas llevaban uno encima, se comunicaban sin problemas, se enviaban mensajes. Todas menos ella. La única. La rara.

Y todo porque el tacaño de su padre decía que era un gasto inútil y superfluo, que las adolescentes lo usaban para estupideces, empleándolo constantemente para cualquier tontería.

El día que le sucediera algo y no pudiera llamar a casa...

—Ya veréis, ya —se dijo para sí misma.

Tal vez fuera la solución. Si ideaba algo que le saliera bien... ¿Un accidente?

Marcó el número de África y esperó.

Su padre no quería comprarle un móvil, pero el de su amiga era peor. Ponerle África de nombre a una persona era para toda la vida.

Y todo porque se había pasado parte de su juventud allí.

Los mayores estaban locos.

—¿Está África? –le preguntó a la voz que se puso al otro lado.

Esperó unos segundos. Tenía que llamarla al número de su casa porque cuando llegaba la factura del teléfono su padre inspeccionaba las llamadas a teléfonos móviles. Una a una, preguntando a todos pero muy especialmente a ella y a Gabriel. Sin justificación, bronca.

Las llamadas a móviles eran más caras.

—¿Sí?

—Hola.

—¿Qué tal va la cosa?

—Fatal –Leticia se retrepó en su cama, poniéndose en cuclillas, de cara al póster gigante de Carlos Caro–. Hay un mal rollo...

—Pues lo peor es que no se les va a pasar mañana. Mientras él esté fuera, tu madre estará que se muere, seguro.

—Calla, tía.

—Eso de tener un hermano soldado es la mar de chungo.

—Marcos siempre ha sido así.

—¿Cómo?

—Pavo

—Mujer...

—Oye, que yo le quiero mucho, es auténtico, y un pedazo de buena persona. ¿Por qué crees que hace lo que hace? Está muy centrado y piensa que es lo correcto. Lo ve bien, le gusta, quiere ayudar a la gente, en serio. No va de Rambo ni nada de eso.

—¿Y por qué no se hacía de una ONG?

—¿Una ONG? –Leticia soltó un bufido–. Y a mi padre le da algo.

—¿Por qué?

—¡Bah, no quiero hablar de ello! Bastante nublado

está el día por aquí como para que encima me lo recuerdes. ¿Qué haces?

—Nada, estudiaba un poco, para quedar bien.

—¡Uf!

—¿Saldrás luego?

—Espero que sí, aunque hoy preferiría ser invisible.

—No van a obligar a estar todo el día en casa.

—No sé –suspiró más abatida–. Marcos se ha ido hace un rato a despedirse de su chica. Habrá cena de despedida, y temprano. Espero escaquearme después de comer un rato.

—Hemos quedado para ir al cine a primera hora.

—Vale.

—¿Te llamo luego?

—Bueno.

—Venga, tía –trató de apoyarla África.

—Es que no quiero que pase nada que me cueste no poder verle el miércoles –centró sus ojos en los de Carlos Caro.

—¡Tengo unas ganas! –cambió el tono su amiga.

—Y yo.

—De acuerdo, entonces...

No pudo escuchar muy bien lo que le decía África al despedirse. La puerta de su habitación se abrió de golpe, abruptamente, y por el quicio apareció Gabriel.

Su cara también lo decía todo.

—Necesito el teléfono.

—¡Ya acabo, pesado!

—Sí, para mañana.

—¡Pero si no llevo ni tres minutos!

—¡Qué casualidad!

—Mira, paso de ti –se dirigió a África–: Es el lepras.

—Lo que decías: mal rollo.

—Total.

—Chao.

Cortaron la comunicación al mismo tiempo. Gabriel seguía en la puerta, cruzado de brazos. Leticia no supo si tenderle el inalámbrico o echárselo por encima.

—No sé por qué todas mis amigas te encuentran encantador –protestó.

—Porque lo soy. Y más real que eso –señaló el póster.

—¡Yo no meto con ese ruido al que tú llamas música, ni con esos imbéciles peludos que tanto «molan»! –pronunció la palabra con todo su énfasis.

—Esto es historia –se tocó la camiseta en la que destacaba el nombre de un grupo heavy–. Lo tuyo es pan para hoy y olvido para mañana.

—¡Huy, mira...! ¡Vete de una vez!

Gabriel ya tenía el inalámbrico.

Se marchó sonriendo, dejándola hecha una furia.


Las dudas se le agolparon en cuanto estuvo de nuevo en su habitación.

A solas con el inalámbrico.

Era tan sencillo, abrir la línea, marcar las nueve cifras, preguntar por ella si se ponía alguien de su familia, o decirle un simple «hola» si era su voz la que lo saludaba...

Tan sencillo y al mismo tiempo tan difícil.

Gabriel cerró los ojos.

No lo tenía muy claro, ni estaba convencido, y probablemente ella tampoco lo viese claro ni estuviese convencida, pero después de aquellas dos últimas salidas, los besos, las miradas, la puerta abierta a la esperanza y la sorpresa de que les sucedía lo impensado...

¿Cuándo empezó todo?

¿Con aquella caricia? ¿Con el corazón a mil después de aquel comentario? ¿Con el roce en el cine?

¿Con las miradas?

La sorpresa del amor consistía en eso. De repente alguien abría un hueco en el muro y por él pasaba un viento capaz de desarbolarlo todo. O un puño directo al estómago, que te dejaba sin aliento.

Tan nuevo, tan reciente.

Pero Lidia era una tía legal. Lo era. Legal y perfecta. No iba de estrecha. No iba de colgada ni de progre, ni de carca ni de seria. Vivía y dejaba vivir. Tenía las ideas claras.

Tan claras que hasta le había convencido de que escribiera.

Marcó el número, dígito a dígito.

El día anterior, en la manifestación, cogidos de la mano, habían gritado hasta enronquecer, y cantado las consignas, y repetido los eslóganes contra la guerra, el Gobierno, Yanquilandia. Inmersos en aquella marea humana formada por miles y miles de iguales, se habían sentido unidos, y más cerca el uno del otro de lo que jamás estuvo con alguien en sus diecisiete años de vida.

Eso tenía que significar algo.

No hubo ninguna pantalla protectora. Su voz le llegó nítida y fresca a través del hilo telefónico.

—Hola –dejó escapar el aire retenido en sus pulmones.

—Hola.

¿Era un suspiro o un quejido de resignación?

—¿Qué haces?

—Nada, gandulear, ¿y tú?

No, no era un quejido. Se alegraba de oírle. Podía captarlo en su tono y en la música de cada palabra, porque Lidia recitaba y cantaba sus frases con una pegadiza armonía.

—Yo he estado escribiendo –le anunció triunfal.

—¿En serio? –captó su emoción.

—Empecé anoche, y sin apenas darme cuenta... bueno, llevaba ya media docena de páginas. Así que seguí, y seguí. Y era como si todo fluyese en mi interior, como si las ideas convergieran en mi mente y en mis manos, sin esfuerzo. Cuando me acosté había escrito ya doce folios.

—¡Bien!

—Es genial, sí.

—¿Y que tal?

—No sé –fue sincero–, pero me gusta. Me siento muy bien. Es...

—¿Emocionante, verdad?

—Sí, esa es la palabra.

—Cuando ves que todo encaja, que la historia toma forma, que los personajes son reales en tu cabeza... A mí me parece que es lo más grande del mundo. ¿Cuando podré leerlo?

—Cuando lo termine.

—¿No puedo...?

—No, prefiero acabarlo. Tampoco será muy largo. No es más que un relato corto.

—Bueno, señor interesante, está bien.

—No es por eso, mujer.

Lidia cambió el sesgo de la conversación.

—¿Qué tal por ahí?

—Arenas movedizas –repuso él–. Procuro no asomar mucho la nariz. No soy el más popular de los hijos.

—No seas tan duro.

—¿Pelo largo, rock, pendiente en la oreja, pacifista? –se burló–. No puedo competir con el héroe.

—Pobre...

—Él se lo ha buscado, por hacerse soldado y creer que eso servía para algo.

—¿Por qué odias tanto los uniformes?

—Creía que pensábamos lo mismo.

—Y es así, pero tú eres más visceral. Ayer hiciste un par de comentarios que me hicieron reflexionar. No pude preguntarte porque no era el momento.

—Mira, todo el que lleva un uniforme se cree con derecho a mandarte, gobernarte, pegarte o matarte. El uniforme les da poder. Dejan de ser personas para convertirse en máquinas, en servidores del uniforme. Y tanto da que lo lleve el portero de una discoteca como un policía o un militar, aunque en este último caso el tema se agrava por todo ese rollo de la disciplina, el honor... –se estremeció con esas dos últimas palabras.

—Patria, Dios y bandera –repuso Lidia.

—Exacto. Cuando tienes un martillo, ves clavos por todas partes.

Lidia se rió.

—¡Eh, eso me gusta! –dijo.

—Voy a apuntármelo. No se me vaya a olvidar –la acompañó él.

—Oye, ahora tengo que dejarte. ¿Nos vemos luego?

—¿Después de comer?

—Sí.

—Vale.

—Vale.

La conversación acabó ahí.

El corazón le latía rápido, como la noche pasada, después de aquel último beso.

Y era el día siguiente.

Salió de su habitación para dejar el inalámbrico en su soporte y tratar de seguir siendo invisible, aunque algo le decía que no iba a poder conseguirlo.

Demasiadas horas.

Demasiada tensión.


Rodrigo se puso bien el nudo de la corbata y se dio un último vistazo en el espejo de la habitación de matrimonio. Era domingo, día festivo, pero tanto le daba. Sin corbata se sentía desnudo, le faltaba algo, su cuello perdía rigor. La corbata era un símbolo.

Le diferenciaba de los que salían a pasear el domingo con un escandaloso chándal o de los que lucían camisas chillonas y jerséis domingueros con los que reafirmaban su libertad temporal, su rotura de cadenas. Los que envolvían su falsa independencia con la negación de la clase y la calidad y los que despreciaban su vida cinco días a la semana para loar la presunta esperanza de su fin de semana de espaldas a la normalidad.

No los soportaba. se le antojaban fracasados, frustrados, esclavos de sí mismos, soñadores eternos de la lotería o la quiniela que les diera la posibilidad de mandar al diablo a sus jefes y a sus trabajos para no dar golpe el resto de sus vidas.

Ese era su horizonte, su máximo sueño.

Contempló su corbata perfecta, su camisa blanca y su chaqueta bien cortada y planchada. Nunca saldría de casa sin su dignidad, aunque fuese para ir a comprar el periódico.

Fuera de la habitación se encontró con Encarna en el pasillo, vigilante.

Tantos años juntos, y ya no había sorpresas. La rutina.

¿Acaso alguna vez no había ido a por el periódico un domingo?

Su mujer no le preguntó nada.

—Ve al 24 horas y trae pan, ¿quieres?

—¿No tienes congelado?

—No.

—¿Me vas a hacer ir hasta ese lugar a comprar?

—Si quieres pan para comer y cenar, sí.

—Sabes que aborrezco ese sitio.

—Aborreces cualquier tienda e ir de compras, querido, no solo esa.

Cuando Encarna le hablaba de aquella forma, paciente, tan tranquila como inflexible, a veces sentía deseos de estrangularla. No era lo más usual, siempre se escondía detrás de sus recelos y sus angustias, pero a veces sacaba a relucir su normalidad.

—Claro que aborrezco meterme en una tienda, pero justamente esa, y en domingo... Maldita sea, todo el mundo te mira.

—¡Anda, anda, qué van a mirarte! ¡Dices cada tontería!

—¿Que no? La gente que va a esos lugares es la despistada de última hora, como tú, o la que busca un regalo inesperado porque se le ha olvidado que es el cumpleaños de su vecina o la que, simplemente, curiosea mientras hace tiempo para meterse en el cine.

Se encontró con la mirada estéril de su mujer.

Y no quiso discutir por aquella cuestión irrelevante.

—¿Cuántas barras quieres? –se resignó.

—Por lo menos cuatro.

—Vaya por Dios –suspiró dándose cuenta de que no iba a poder disimularlas de ninguna forma.

—Y ya puestos, trae también tomates.

—Oye, oye...

—¿Qué? –Encarna se cruzó de brazos–. ¿Quieres que me vista y que vaya yo? ¿Me vigilas tú la cocina, y haces la comida y las camas?

No, no quería discutir. Movió la cabeza un par de veces, de lado a lado, y alcanzó la puerta dando por terminada la conversación. Nunca había dado un portazo. No era su estilo. Pero a veces sentía muchos deseos de hacerlo.

Aquella era una.

# 3

*El día que mi hermano se marchó a la guerra la casa parecía a veces un funeral, del silencio que había, y otras la propia guerra.*

*¿Hay algo peor que un silencio cargado de tensiones?*

*Me habría gustado desaparecer, fundirme. Me sentía como una china en el zapato. Esa piedrecita que molesta hasta hacerse el peor de los incordios. ¿Qué pintaba yo en casa ese día? Nada. Yo era la oposición. Yo representaba justo lo que nadie necesitaba ese día.*

*Una forma de conciencia.*

*Porque la guerra a la que se iba a sumergir mi hermano mayor, en cuerpo y alma, no era sino la eterna guerra que nunca cesaba. La guerra de mi bisabuelo, de mi abuelo, de mi padre...*

*Su guerra.*

*Sí, cuando nuestro padre hablaba de «su guerra», la de su abuelo y su propio padre, los ojos se le encendían, algo que solo sucedía por otros dos motivos: su equipo de fútbol y la política, aunque en este último* caso más cuando hablaba de «los otros» que de los suyos. Con los suyos se sentía tan satisfecho como cuando su equipo ganaba. En cambio «los otros» eran unos corruptos, unos descerebrados, unos rompepatrias, unos infelices, unos insensatos, unos desleales, unos...

También el maldito fútbol era una guerra encubierta.

Servía más para separar y sembrar el odio entre ciudades y comunidades que para divertir, apasionar o unir a la gente.

Hasta en eso estábamos separados. Nuestro padre y Marcos eran los futboleros. Luis Enrique y yo la oposición sensata. Pero en España si a un tío no le gusta el fútbol o no es del Barça o del Real Madrid...

Yo ya estaba colgado por Lidia. Rendido. Incluso me había convencido para que escribiera de una vez, sin miedos, sin darle más vueltas. Me parecía tener una vida, una puerta que se acababa de abrir de par en par, y por eso entendía aún menos que Marcos cerrara la suya y le diera la espalda a todo. Y lo que más me fastidiaba era que me dijeran que «lo hacía por mí». Dios... ¿por mí? ¿Que más tenía que hacer yo para oponerme a tanta locura, poner bombas? Eso era absurdo.

Malditas guerras.

Todas las guerras.

Genocidios constantes en África, matanzas campesinas en Latinoamérica, barbarie en la propia Europa a raíz del conflicto de los Balcanes... Nada cambiaba, todo seguía igual. Solo variaba el escenario del horror. Y las cifras se me antojaban el más monstruoso de los absurdos. Tres millones en Camboya bajo la dominación de Pol Pot y sus Jhmeres rojos, un millón *entre hutus y tutsis en el corazón de África, ni se sabía en Chechenia... ¡Cuánta razón tenían los pesimistas al decir que una muerte es terrible pero que un millón son una estadística!*

*Es extraño que justo el día en que yo vi la felicidad asomándose por una esquina de mi vida, Marcos viera tambalear la suya.*

*Lidia y yo.*

*Noelia y Marcos.*

*El tiempo le da sentido a todo, pero jamás hará que encuentre un sentido a lo que nos pasó en aquella triste y maldita jornada.*

*Siempre lo lamenté por Leti y por Luis Enrique, pero más por mi madre.*

*Pobre mamá.*

*Muchas veces hablaba sola.*

*«Sufrir y callar», decía.*

No podía marcharse sin verle.

Aunque solo fuera un minuto.

Tampoco era una despedida, simplemente un «hasta pronto». Por lo menos así lo entendía él. El «hasta pronto» de dos viejos colegas, camaradas inseparables unidos por un millón de recuerdos esenciales y que ahora veían sus caminos distanciados por lo inevitable. Esteban representaba lo mejor y más fuerte de su vida pasada. Era incluso más que un hermano, porque con Gabriel nunca se había relacionado demasiado, salvo por el vínculo de la sangre y la circunstancia de vivir bajo el mismo techo. Tenían demasiadas diferencias vitales. En cambio con su mejor amigo...

Antes de aparecer Noelia, Esteban y él lo eran todo, lo compartían todo, la vida era su eterno campo de experimentación.

Antes de Noelia, y de eso hacía ya bastante.

Marcos se detuvo en la puerta del edificio, le echó un vistazo al reloj y calculó sus posibilidades. Necesitaba a Noelia. Necesitaba una caricia cómplice, un beso intenso, una palabra amable, un contacto que le saciase.

Pero también necesitaba aquel último abrazo.

Llamó al timbre desde el cuadro del interfono situado en la entrada. Lo que no quería era aguantar sermones o frases engoladas procedentes de nadie más, aunque se tratase de los padres de Esteban. Bastante sufría en casa, la escalera o el barrio. Era como si llevase un cartel en la frente diciendo que se iba con las fuerzas españolas, que era uno de los «valientes» destinados a representar a España en la nueva locura mundial.

—¿Esteban?

—¡Ah, hola, tío! ¿Subes?

—No, baja tú. Será un minuto.

—¿Un minuto? ¡Anda ya!

Se cortó la voz, se apartó de la entrada y esperó en la calle, oteando el panorama, presenciando el ir y venir de la gente, el movimiento de los que eran ajenos a la Gran Comedia Humana. En unos días ellos seguirían igual, con sus vidas, sus problemas, pequeños o grandes, que para el caso era lo mismo, mientras que él estaría lejos, en un barco, frente a unas costas casi en pie de guerra. Casi.

No le gustaba sentirse filosófico, así que agradeció la presencia inmediata de su compañero, bajando a la carrera por las escaleras.

Esteban se le echó encima nada más salir por la puerta de la calle.

—¡Cagüen la...! –más que un abrazo fue un demoledor pressing digno del mejor placaje–. ¡Pensaba que te largabas sin decirme «ahí te pudras»!

—¿Crees que Papá Ejército es un campamento juvenil?

—Ni Papá Ejército ni Mamá mamá –le espetó lleno de sarcasmo–. Los míos sí lamentarán no verte.

Hasta mi madre se traga todos los telediarios para ver qué dicen desde que sabe que te vas allí.

—Paso, ¿te importa?

—No, hombre. Pero casi no se te ha visto el pelo estas últimas semanas, entre el acuartelamiento, Noelia... ¿De verdad no tienes tiempo? ¿Que es esa chorrada de un minuto?

—He quedado con ella.

—¡Huy, la despedida!

—Bah, no seas bruto.

—Por lo menos una birra, ¿no?

Esteban se lo quedo mirando de hito en hito. sus ojos le mostraron una mezcla de tristeza y frustración que camufló queriendo parecer normal, como si ese fuese un día vulgar.

Lo consiguió a medias.

—¿Quién te manda a ti meterte en una guerra? –suspiró–. ¡Joder, macho, si es que no me puedo creer que te largues a la guerra!

—Tienes una imagen de lo que es una fuerza humanitaria...

—Va, Marcos, corta el rollo.

—¿Qué rollo?

—Ese del humanitarismo y la lucha antiterrorista.

—Pues es a lo que vamos.

—Nosotros tal vez, pero los americanos... ¡Anda ya! Se va a liar. Van a buscar terroristas hasta en la sopa, amenazarán a Siria, Arabia Saudí e Irán con represalias si no hacen limpieza en sus patios traseros, y como se van a poner más chulos que un ocho, habrá que darles un escarmiento, y de paso asegurar el petróleo y dejar las cosas al gusto yanqui. ¿No me digas que lo dudas?

—¡Claro que lo dudo! –hizo un gesto de fastidio–.

¡Si a los americanos les da por jorobar el tema allá ellos, pero nosotros no vamos a pegar tiros, so palizas! Y te lo repito: falta que estalle el conflicto. No es tan fácil. Está la ONU, la presión internacional...

—Oye, que soy yo, ¿vale? –Esteban lo cortó en seco–. No me vendas la película.

—No es ninguna película.

—¿Que no es ninguna película? ¡Como que Hollywood ya debe estar planificándola en las sombras para aprovechar los decorados naturales y la sangre de verdad! ¡Coño, Marcos, que Estados Unidos es el fascismo moderno teñido de democracia!

—Si lo sé te llamo por teléfono. Menudo rollo –bufó Marcos–. ¿Qué te ha dado a ti hoy?

—¿No viste la mani de ayer?

—Estaba haciendo otras cosas.

—A mí se me encendió la sangre. Y además pensaba en ti. Si es que...

Captó lo inesperado en la voz de su amigo: la rabia de la frustración. Y aún más en sus ojos: el destello de la emoción.

Lo habían compartido todo, todo, hasta aparecer Noelia.

Y ahora esto.

¿Por qué, de pronto, era como si los separasen mil cosas y un millón de kilómetros? Esteban era como Gabriel. Pensaba lo mismo.

Marcos le pasó un brazo por encima de los hombros, mitad protector mitad rendido.

Caminaban sin rumbo, como si sus cuerpos siguieran sus pasos perdidos en lugar de ser los pasos los que se movieran por detrás de sus cuerpos a instancias de sus voluntades. Aprovecharon el semáforo que se encontraba en verde para cruzar la calzada.

Aislados.

Esteban ni siquiera miró a la exuberante pelirroja que se cruzó con ellos.

Marcos lo observó a él, de refilón.

Después de todo, habían cambiado tanto...

Tenía a Noelia, pero Esteban no tenía a nadie. Probablemente nunca había tenido a nadie. Solos los dos. Las correrías de niños y adolescentes se perfilaban como un testimonio del pasado.

Pese a lo cual era el tío más legal que jamás hubiera conocido.

Un verdadero amigo.

Un hermano.

—Venga, vamos a tomar esa birra –suspiró Marcos.

—¿Y Noelia?

—Que espere. Ya me tendrá toda la vida cuando vuelva.


Rodrigo contempló los titulares de todos los periódicos extendidos como reclamo a los ojos de los paseantes en el quiosco de la avenida.

La misma noticia. Distintos términos. Diferentes interpretaciones.

«España en guerra», «El ministro de Exteriores insiste: solo se llevarán a cabo misiones humanitarias, en mar o tierra», «Cuenta atrás», «Oriente Medio a punto de convertirse en un polvorín», «Los Ejércitos de todos los países de la zona en pie de guerra», «EE UU lidera el mayor contingente bélico desde la Primera Guerra del Golfo», «Israel afirma: emplearemos la energía nuclear si somos atacados», «El Gobierno nos lleva a la guerra», «Millones de manifestantes en todo el mundo piden la paz».

Ideologías, derechas, centros e izquierdas.

Y una sola realidad.

Recogió el suyo. El titular, en un cuerpo máximo, letras negras y de lado a lado de la portada, no era menos explícito que los otros: «España: clave histórica». Pagó con la moneda que ya llevaba en la mano y se lo guardó bajo el brazo antes de proseguir su marcha, sin prisas, disfrutando de la mañana.

Un día agradable.

Se lo tomó con calma. Necesitaba estirar las piernas y respirar un poco de aire. Encarna estaba imposible. Ni escuchaba ni atendía a razones. Vivía cada vez más en su mundo, su pequeño mundo hecho de trivialidades y menudencias.

En lugar de estar orgullosa...

El 24 horas lo engulló tres minutos después sin que la tormenta desatada en su mente hubiese menguado. Fue como encontrarse dentro de su peculiar infierno personal. El aire acondicionado estaba muy fuerte, demasiado para la época, y había más público del que esperaba. En la caja, para pagar, se alarmó ante las tres colas de personas que esperaban su turno.

Caminó en busca de la sección de verduras y la panadería.

Lo segundo lo encontró con facilidad. Aguardó a que el hombre embutido en un chándal violentamente verde que le precedía completara su compra. Chándal verde y zapatillas deportivas de jugador de baloncesto, estridentes, impropias de una persona normal y corriente. El hombre se llevó pan, pastas, bollos... Rodrigo le dio la espalda y contempló aquel aséptico templo del consumo. Del techo colgaban diversos anuncios como una lluvia de mayo anunciando el milagro del pan y los peces. Rebajas, descuentos, ofertas...

Le tocó el turno, pidió las cuatro barras de pan y se las llevó en una bolsa de papel con el precio grapado en el extremo superior.

No dio con los tomates de las narices a la primera, así que se vio obligado a preguntar.

Se dirigía a una de las cajas con todo cuando apareció ella.

—¡Señor Sanz!

No pudo hacer nada, ni evitarla, ni fundirse, ni tratar de dar con una excusa. Llevaba mercancías que debía pagar. Ni siquiera podía dejarlas y marcharse. El círculo perfecto. La trampa que más odiaba.

—Buenos días, señora Galindo.

—¡Ay! ¿Cuándo se va Marquitos?

Marquitos. Era de las veteranas. Los había visto nacer y crecer.

—Mañana.

—Qué tensión, ¿no? –se llevó una afectada mano a la boca.

—¿Por qué?

—Estarán destrozados –lo dijo deletreando las cuatro sílabas: des-tro-za-dos, con el mayor énfasis en cada una.

—Se equivoca. Estamos muy contentos.

—¿Contentos? –vaciló la mujer dando muestras de no entender.

—Pues sí.

—¿De que su hijo se vaya a una guerra?

Se lo dijo con todo su aplomo.

—No, de que nuestro hijo cumpla con su deber y sea un valiente, de que de la cara por tanto cobarde emboscado, que se queda aquí amparado en su falsa libertad y todas esas coartadas pacifistas. De eso estamos orgullosos.

La señora Galindo parpadeó.

No tanto por la arenga como por el hecho de no haber entendido casi nada de lo que acababa de recibir igual que una oleada fría en pleno rostro.

Rodrigo se sintió más irritado.

Nadie comprendía nada, pero todos tenían una opinión.

—Bueno... –vaciló la mujer–, visto así...

—No hay otra forma de verlo, señora –continuó Rodrigo–. Esto o bajarse los pantalones y dejar que vengan hasta aquí para poner bombas y matar inocentes. Mire usted –concluyó–, a veces no puede llevarse la ropa sucia hasta la lavadora, porque hay mucha, así que no hay más remedio que llevar la lavadora hasta la ropa sucia.

—Yo... solo espero que... Marquitos esté bien.

—Lo estará, no le quepa duda.

—Sí, claro.

—Le diré que le da recuerdos.

—¡Oh, sí, por favor! –se recuperó ella.

—Buenos días.

—Buenos... días.

Rodrigo le dio la espalda y se dispuso a hacer la cola para pagar el pan y los tomates.

Con las mandíbulas apretadas y el rostro congestionado, le pidió al cielo no tropezarse con nadie más hasta volver a casa, amigo o enemigo.


Cuando sonó el timbre de la puerta, Encarna fue la primera en llegar. Por detrás solo Luis Enrique asomó la cabeza.

—¿Se habrá dejado las llaves? –comentó ella en voz alta.

Abrió y se encontró con Chema, el vecino del piso de arriba. La misma edad que Luis Enrique. Compañeros casi inseparables, salvo cuando se enfadaban y estaban un par de días sin hablarse. La última semana Chema había estado en cama.

—Hola, Encarna, ¿está Luis Enrique?

No tuvo que esperar una respuesta. El más pequeño de la casa apareció en el recibidor con el rostro iluminado.

—Hola –lo saludó.

—Hola.

—¿Ya estás bien? –se interesó Encarna.

—Sí –manifestó él–. La fiebre se me fue hace dos días, pero mi madre quiso asegurarse y que pasara el fin de semana en casa.

—Claro.

—¿Puede subir Luis Enrique a jugar? –el niño fue directo al grano.

—Pero si has estado enfermo...

—Que no se va a contagiar, Encarna.

A Luis Enrique, además de jugar, la idea de contagiarse y pasar una semana en cama le seducía lo suficiente como para quedarse un buen rato aspirando todos los microbios aún vivos de la habitación de su amigo.

—¿Puedo, mamá? –se le iluminaron los ojos.

—¿No tenías deberes? –trató de resistirse ella–. desde luego ayer no los hiciste.

—Tengo tiempo.

—¿Cuándo?

—Esta tarde. Si no son nada, en serio. En un plis-plas...

—Oh, sí, en un plis-plas. ¿Sabes que vamos a comer temprano?

—Vale.

—No, vale no. Como tenga que subir a buscarte, me oyes.

—Tú dime a qué hora quieres que baje y la madre de Chema me avisa.

—A la media. Ni un minuto más.

Fue suficiente. Pasó por su lado, se reunió con Chema y los dos echaron a correr escaleras arriba riendo y apostando a ver quién llegaba antes. Cuando escucharon la puerta del piso de Luis Enrique cerrándose, ya estaban en el rellano superior. No se detuvieron hasta quedar a salvo en la habitación de su amigo.

—¡Qué bien! –Luis Enrique se dejó caer sobre la cama de Chema.

—¿Qué pasa?

—Es que mi hermano se marcha mañana a la guerra.

—Sí, ya sé.

—Andan un poco locos. Mi madre está de los nervios.

—Pero qué chulo, ¿no?

—No sé –se hizo el interesante.

—¿Cómo que no sabes? Se va en un barco, y además somos mejores y tenemos mejores armas.

—Ya, pero mamá preferiría que se quedara en casa.

—Pues a mí me gustaría ir –aseveró Chema–. Es pan comido. Ellos no tienen nada y siempre pierden. Como no les tiren piedras...

Las palabras de su amigo hicieron reflexionar a Luis Enrique.

—¿Tú sabes quiénes son ellos?

—Claro, todos los de allí, los moros.

—Le he preguntado a mi hermano y aún no lo entiendo. Hay un montón de países, y todos no pueden estar en contra de todos.

—No –dijo muy convencido Chema–. Por un lado están los terroristas, que se esconden en todas partes, y por el otro los americanos y los demás.

—¿Y los israelitas y los palestinos?

—Esos llevan toda la vida matándose y no cuentan. Ahora los americanos lo invadirán todo y se acabará el terrorismo.

—¿Y tú qué sabes? –se sintió algo dolido por la aparente sapiencia de Chema.

—Es lo que dice mi padre.

—¿Seguro?

—Bueno, creo que sí. Tampoco es que me importe mucho. Oye –se le iluminaron los ojos–, ¿tu hermano tiene en casa las armas?

—No.

—Lástima, me habría gustado verlas.

—¿Tienes algún pañuelo sucio, con mocos y todo eso, para que pueda aspirar algunos microbios?

—No, mi madre es de las que lava todos los días.

—Pues venga, juguemos con la videoconsola.

—Tampoco puedo –Chema bajó los ojos, casi avergonzado.

—¿Que no puedes? –Luis Enrique abrió los suyos, tan expectante como alucinado.

—Mi madre me lo ha prohibido, y más esta semana que he estado enfermo. Dice que voy a terminar subnormal y con el cerebro del revés.

—¿En serio? –la alucinación subió de tono ante aquella incongruencia y prueba de la ignorancia de los mayores.

—Es que me pilló un día, por la noche, antes de caer enfermo, y luego al siguiente me moría de sueño. Ostras, no pude dormir. Soñaba que jugaba y jugaba y jugaba y no había forma de dejar de hacerlo.

El mundo adulto era absurdo. Inflexible.

Luis Enrique mostró toda la consternación que sentía al proclamar:

—Entonces... ¿qué hacemos?


Encarna entró en la habitación de Marcos y cerró la puerta para que nadie la sorprendiera allí. Luego dio dos pasos y se detuvo en el centro de la estancia, abarcándolo todo con sus ojos transparentes.

Unos ojos que veían lo que ya no podía verse. Y unos oídos que escuchaban los ecos de lo que ya no podía escucharse.

Marcos de niño, jugando con ella cuando era el primero y el único. Y después, con Gabriel, antes de que llegara Leticia. Marcos preguntándole cosas. Marcos llorando, riendo, cantando. Marcos con sarampión, y el día de su Primera Comunión, y todas las noches una vez arropado.

Un Marcos nada lejano en el tiempo, y tan próximo en su corazón.

Había sido ayer.

Hoy ya nada era igual. Un Marcos súbitamente adulto, tan niño todavía para ella, pero convertido en soldado por la fuerza de su propio destino y sus convicciones. Desde que pertenecía al Ejército, más que compartirlo sentía que se lo había arrebatado. Ya no dormía únicamente en su cama. Ya no comía allí. Tenía un número más que un nombre.

Y Encarna se asombraba por todo ello.

¿Cuándo se le escapó de la mano para tomar las riendas de su vida?

¿Cuándo empezó a perderlo?

Miró la puerta de la habitación desde dentro. Al otro lado estaba el mundo, y Rodrigo, sus convicciones, su universo radical y autoritario. Allí dentro, por contra, ella estaba sola. Y por el inmenso agujero abierto en su conciencia se le escapaba el alma.

Encarna tocó la cama, miró las fotografías que Marcos tenía en su mesa de trabajo, los pósters y cuadros de las paredes, los libros y compactos de las estanterías. Su suspiro fue un lamento, un prolongado quejido que sonó a rendición. En unos días su hijo estaría lejos, Dios sabía dónde, jugando a la guerra con un uniforme blindándole el corazón y un arma en las manos. Un arma que le desposeería de toda razón, aunque los soldados fuesen a imponer precisamente la suya a Oriente Medio.

Era absurdo.

¿Por qué «su» Marcos?

Había ahora un extraño silencio en la casa, con Rodrigo y con Marcos fuera, con Gabriel y Leticia en sus respectivas habitaciones, con el tormento de Luis Enrique jugando en el piso de arriba y ella purgando una extraña penitencia entre aquellas cuatro paredes que iban a quedarse sin calor al día siguiente.

El sonido de la puerta del piso al abrirse la despertó de su abstracción.

Miró su reloj.

—Qué barbaridad –rezongó–, para ir a comprar el periódico y pan.

Ya no tenía la intimidad necesaria. Era como si acabasen de entrar intrusos en su pequeño recogimiento. Rodrigo la llamaría en un abrir y cerrar de ojos, para protestar por algo o simplemente para advertirle de que ya estaba en casa, como si fuese sorda y no lo hubiese oído llegar.

Se resignó y le dirigió un último vistazo a la habitación de Marcos.

Luego salió de ella en silencio.

Rodrigo estaba en la cocina, dejando el pan y los tomates sobre la mesa. Antes de que él dijera nada, prefirió expresar su propio disgusto, aunque fuese como arma defensiva y arrojadiza.

—¿Has ido de espaldas o qué?

Su marido la taladró con una mirada inquisitiva. Pareció a punto de recoger el capote y entrar a saco en la disputa. Algo le hizo cambiar de actitud.

—Me he sentado en el parque un rato.

—Ya decía yo.

Encarna pasó por su lado, recogió el pan para meterlo en la cesta, y los tomates para dejarlos en la nevera. Rodrigo siguió donde estaba, sin muestra de querer dirigirse a su butaca favorita para leer el periódico. Observó a su mujer como si fuera la primera vez que le prestaba atención en mucho tiempo o la descubriera de nuevo con otros ojos.

—Me he encontrado a la del ático.

—¡Vaya por Dios! –suspiró Encarna.

—¿Es que todo el barrio sabe que Marcos se va o qué?

—¿Qué quieres que te diga? Lo han visto de uniforme, y por si eso no fuera poco, menuda es la portera como para no ir largando por ahí. Supongo que es el tema de estos días en la escalera. Todos lo conocen. Y ya sabes que los del entresuelo son de una gestora pro derechos humanos. Estos días han estado haciendo pancartas contra la guerra. Bastaba con asomarse a la ventana para verlos en su patio.

—Mucho pacifista de pacotilla vive en esta escalera. Si hay que sacar las castañas del fuego... mientras sean otros –seguía en el mismo sitio, observando las evoluciones de su mujer, que iba y venía mientras hablaba. De pronto cambio el sesgo de la conversación al preguntar–: ¿Y Gabriel, todavía duerme?

—No, está escribiendo.

La incredulidad se apoderó de sus facciones.

—¿Que está haciendo qué?

—Escribe –Encarna se detuvo para mirarle–. Ya sabes...

—¿Y qué escribe?

—No sé –ella no reanudó su actividad–. Igual sale como tu hermano.

—Solo faltaría eso –proclamó Rodrigo con disgusto.

—Pues bien que se gana la vida –objetó su mujer.

—Vamos, Encarna, ¡por Dios!

—Cómo eres. Tu hermano no es tonto, y escriba lo que escriba, le ha servido para salir adelante. Y es feliz. Si a Gabriel le sale la vena... pues que le salga. Mejor eso que otra cosa. Además, si no hace nada, porque no hace nada, y si hace algo, porque lo hace. Lo machacas siempre.

—No se trata de hacer o no hacer: es la actitud. Tanto pelo y tanta historia...

—Déjale en paz, Rodrigo, ¿quieres?

—Oh, sí, lo dejo en paz. Tiene a mamá.

Encarna se apoyó en la encimera. El abatimiento y la depresión fluctuaban con regularidad, y cada vez en períodos más cortos. Acababa de superar uno de esos bajones en la habitación de Marcos. Ahora sentía el infinito peso de otro.

Siempre arrastrándola hacia abajo.

—Mira, hoy no quiero discutir –musitó sin apenas voz.

Hubo unos segundos de silencio. Encarna estaba de espaldas a su marido.

—Yo tampoco –manifestó él.

Salió de la cocina para ir a la sala a leer el periódico y ella se quedó sola, buscando, una vez más, la forma de volver a ponerse en movimiento.


Subió en el ascensor con una mujer que se encontró en la puerta de la calle y lo miró con desconfianza al verlo entrar a su lado en el edificio. Ella le preguntó a qué piso iba y él se lo dijo. Pero el recelo no menguó. A Marcos le dio igual. Bajó en su rellano y la mujer subió con sus prejuicios. La gente tenía miedo. Miedo por todo, a ladrones incontrolados, a violadores capaces de actuar a plena luz del día y en un ascensor o a posibles asesinos en serie como los que mostraban las películas americanas.

La psicosis se iba apoderando de la sociedad como un mal endémico. El reino del terror.

Y el terror era ciego.

Llamó a la puerta del piso de Noelia y se apoyó en el quicio mientras esperaba. A su espalda, la luz se apagó y quedó un mortecino resplandor proveniente de una ventana situada entre las dos plantas. La escalera era vieja, rezumante de olores.

Al otro lado de la madera escuchó una voz.

—¿Quién es?

—Marcos –anunció.

Se abrió la puerta. Por el hueco apareció Ana, la hermana de Noelia. Dieciséis años. Más aún: dieciséis potentes años. alta, bien proporcionada, esbelta, mitad niña mitad mujer y muy guapa, incluso más que su hermana. Lo de Ana había sido una explosión, un cambio repentino en cosa de medio año.

Bañada por la luz del recibidor de su piso, que le daba de espaldas y sumía su parte frontal en una inquietante y viva presencia, a Marcos se le pareció un relieve que sobresalía de su entorno. Ana llevaba unos pequeños shorts, muy ajustados, y un top ceñido que le dejaba el vientre al aire libre. Lucía con desparpajo el piercing de su ombligo, un aro de plata con dos bolitas en los extremos.

—Hola –lo saludó.

Se apartó para que entrara y Marcos pasó por su lado. Pudo aspirar su perfume. O estaba recién duchada o lo esperaba. E intuyó más bien esto último. Sabía que Ana estaba enamorada de él.

—Noelia no está –escuchó su voz siguiéndole por el pasillo.

—¿Adónde ha ido?

—Viene enseguida, tranquilo.

—¿Y tus padres?

Habían llegado al salón comedor. Marcos se detuvo junto a la ventana y Ana lo hizo en mitad de la estancia, dominando la situación como el púgil que se coloca en el centro del cuadrilátero para tomar la iniciativa sobre su rival. Bañada por la luz del día Ana aparecía con aspecto de mujer, pero dejaba traslucir un corazón de niña.

—Mis padres van a comer fuera. Supongo que es para que estéis solos y todo ese rollo.

—Anda ya, Ana –sonrió él.

No respondió a su gesto. Continuó en mitad de la salón, con los brazos cruzados sobre el pecho, las largas piernas asomadas bajo los shorts. Iba descalza, y sus pies también era muy hermosos.

Marcos sintió el peso de su mirada.

—¿Cómo te sientes? –preguntó de pronto ella.

—Normal.

—¿No tienes miedo?

—No.

—Va a haber lío, seguro. Yo estaría muy asustada.

—Pues yo no, y de lío, ni hablar, tranquila.

—No, si yo estoy tranquila, pero es imposible que no la líen, y entonces vamos a pringar.

—Escucha –Marcos se acercó a ella–. Suponiendo que se armara una buena, de eso van a encargarse los de siempre: el tío Sam y su Séptimo de Caballería. ¿Qué manía os ha dado a todos con lo de que nosotros vamos a intervenir?

—Yo solo sé que estáis locos.

—Claro, todos contra la guerra. es lo fácil. pero alguien tiene que ir allá y pararles los pies a esos terroristas para que los demás estéis tranquilos aquí.

—A mí no me metas.

—Te lo digo como lo siento.

—Eres demasiado buen tío, eso es lo que pasa. Te lo crees todo.

—Vaya, gracias –le dio por sonreír cansinamente.

—Mamá anda diciendo todo el día que eres un valiente y qué se yo cuántas cosas más. Es la leche.

—¿Y tu padre?

—Papá nunca habla, ya lo sabes. Lo interioriza todo. ¿Quieres beber algo?

—No, gracias.

—Pues yo sí. Tengo la garganta seca. ¿Vienes?

La siguió por el pasillo hasta la cocina. Caminando descalza era como si flotara. Marcos pensó que era como tener a otra clase de Noelia delante. Se extrañó de su pensamiento. En parte lamentaba aquel sentimiento, sin posible reciprocidad, por parte de la hermana de su novia.

Se trataba de aparentar normalidad.

Ana abrió la nevera y de ella extrajo una jarra de agua. Se sirvió un vaso. Posiblemente era la primera vez que estaban juntos y solos, hablando.

—¿Estás saliendo con alguien?

—¿Yo? Las ganas.

—Debe de haber muchos gallos en el corral.

—Digo que las ganas ellos. Gallos hay la tira.

—¿Y nada?

—Son unos críos. Y los mayores van a por todas, ya lo sabes.

—No, no lo sé.

—Marcos, no me vaciles...

Le dio por sonreír. ¿Había hablado él así alguna vez? Ya ni lo recordaba. Y solo tenía tres años más que ella. Solo. A veces perdía la perspectiva. Todo había cambiado en muy poco tiempo.

Demasiado poco tiempo.

Ana dejó el vaso sobre la repisa. O lo intentó. Lo miraba a él, no a la repisa. El vaso resbaló y cayó al suelo. Era de plástico, así que no se rompió, pero el dedo de agua que contenía se extendió a sus pies, entre ambos.

Los dos se agacharon al mismo tiempo.

Los dos se rozaron sin pretenderlo.

Marcos sintió el contacto como si fuera una quemadura. Sus ojos ardían más que su piel.

Creyó que ella iba a besarlo.

Pero fue tan solo un espejismo, una sensación. Por fuerte que fuera, se quebró cuando ambos escucharon la puerta del piso abriéndose de nuevo y anunciando la llegada de Noelia.

Encarna comprobó la hora y frunció el ceño curvando los labios hacia abajo. Faltaban dos minutos para la media.

—¡Leti!

No hubo respuesta. Pensó que su hija volvía a estar con los auriculares metidos en los pabellones auditivos, ausente, ajena a todo lo que no fuera la música.

Fue a la habitación y abrió la puerta sin llamar. Leticia dio un salto, tapándose el pecho, sorprendida mientras se probaba diversas combinaciones de ropa, porque tenía un montón de prendas encima de la cama.

—¡Mamá! –gritó mientras se bajaba la camiseta.

—Es culpa tuya. Acabo de llamarte y no has contestado, así que pensaba que estabas otra vez con los cascos.

—Los cascos, los cascos, ¡ni que fuera un caballo! Se llaman auriculares.

—Nosotros los llamábamos cascos, ¡y no quiero discutir! La próxima vez, cuando te llame, respondes.

—No te he oído.

—Ya –puso cara de no creérselo y le soltó a bocajarro lo que había ido a decirle–: Vete arriba a buscar a tu hermano.

—¡Jo!, ¿otra vez?

—¿Otra vez qué?

—¿Por qué me toca hacerlo todo a mí?

Por el tono de Leticia, y también por su expresión, más parecía que acabase de ordenarle algo terrible y dramático. El peor de los trabajos.

—No estás haciendo nada, Leti.

—¿Y tú que sabes?

—¿Eso es hacer algo?

—¡El miércoles...!

—Sí, ya sé, él firma discos en El Corte Inglés. Pero hoy es domingo –se dio cuenta de que estaba cayendo en la red de su hija, discutiendo sin más, y volvió a enfadarse para elevar el tono y ordenar–: ¿Quieres hacer el favor de callar y subir? ¡Protestas por todo!

—¡Pues claro que...!

Rodrigo no estaba allí. Pero su voz apareció igual que una admonición entre ambas, procedente de la sala. Y sonó de forma parecida a un latigazo, seco, directo.

—Leticia, calla y sube.

Madre e hija se miraron un par de segundos.

Antes de la rendición de la chica.

—Vaaale –se rindió con los ojos encendidos y toda la rabia apretada en sus puños cerrados.

No llegó a salir de la habitación. En ese momento sonó el timbre de la puerta.

Encarna se apartó de su posición y fue a abrirla.

Luis Enrique apareció triunfal, con una sonrisa de lado a lado.

Hizo algo más.

Entró en el piso marcando el paso con una ridícula marcialidad infantil.

—¡Un, dos, tres, ar! ¡Un, dos, tres, ar! –se detuvo en mitad del recibidor y saludó militarmente a su madre llevándose la mano derecha a la frente–. ¡Se presenta el recluta Luis Enrique a la hora en punto, ni un segundo más, ni un segundo menos! ¡Misión cumplida, señor!

Encarna cerró la puerta.

—Luis Enrique, no hagas el ganso –suspiró.

—¡Señor, sí, señor! –gritó el niño.

—¡Luis Enrique!

Fue intempestivo, así que le sobresaltó. Iba a caminar hacia el interior del piso marcando de nuevo el paso y el exabrupto de su madre le cortó la iniciativa.

No se oía nada.

Encarna apagó la luz del recibidor.

Regresó a la cocina moviéndose por el silencio de la casa como una sombra huidiza.

## 4

*El día que mi hermano se marchó a la guerra creo que no estuve a la altura. Por lo menos hasta la hora de la cena. Los rehuía. Tenía a Lidia en la cabeza, y lo que había empezado a escribir en la punta de los dedos, produciéndome una extraña sensación. Era todo un descubrimiento.*

*Se lo había oído decir al tío Bernabé:*

*«Chico, cuando escribo se me va la olla, todo desaparece de mi alrededor, estamos solos, el papel y yo, o el ordenador y yo. Nada importa. El tiempo no existe. Y tanto da que hagas la mejor de las novelas inmortales o un articulito de mierda o, como dice tu padre, un panfleto para una revista de tercera. Lo único que cuenta es escribir. Te sientes poderoso, fuerte, ¡un rey! Más aún: ¡Dios! Estás creando algo, ¿entiendes? Te sale de dentro, cobra forma. Los personajes, para ti, ya están vivos, existen. Y si les das ese aliento final, eso que los hará creíbles y naturales, también lo estarán para el lector. ¿Sabes lo que somos, Gabriel? Yo te lo diré: limones, o naranjas. Los escritores no somos*

más que eso. Igual que ese limón o esa naranja, hemos nacido con algo dentro y no necesitamos otra cosa que exprimirlo, gota a gota, hasta rebosar el vaso de nuestra necesidad. Moriría por escribir. Moriría sin escribir. Cada vez que el mundo y la vida me dan alcance y quieren asquearme, yo me tiró de cabeza al ordenador y renazco, emerjo, creo mi propia balsa, o mi cohete rumbo a las estrellas.»

El tío Bernabé podía estar hablando de su pasión durante horas.

Y yo le escuchaba, embobado.

Jamás podría entender el desprecio de mi padre. El tío Bernabé era libre.

A pesar de su matrimonio roto, sus dos hijos, su nuevo amor... Nada.

A mediodía Marcos no estaba, Leti y Luis Enrique parecían controlados, papá y mamá surgían aquí y allá como sombras huidizas, y yo permanecía oculto. Creo que ya temía lo que iba a suceder. Temía la comida sin mi hermano mayor y la cena con él. En este último año transcurrido de esa noche, cada momento, cada pensamiento de ese día, ha vuelto a mí de muchas formas. ¿Pudo ser distinto? No, no lo creo. ¿Mejor? Imposible, salvo que yo hubiera renunciado a mis propias convicciones. ¿Peor?

Eso tampoco.

Los recuerdos son como fogonazos que se disparan en mi mente. Una frase, una mirada, un gesto. Pedazos de nosotros mismos, perdidos pese a lo cerca que está ese pasado tan breve. En un año todo ha sido angustia y brutalidad.

Porque el silencio es el más ensordecedor de los ruidos.

¿Acaso no nos conocíamos?

*¿Tan extraños éramos?*

*Fue el adiós de la inocencia para Leti y para Luis Enrique.*

*Ellos no sabían nada, y lo descubrieron entonces.*
*Yo sí.*
*Por eso me duele tanto.*

La habitación de Noelia le parecía un santuario.

Era por tantas cosas... Por aquella primera vez, por la paz que destilaba, por el eco de tantas caricias y tantos besos, por los gemidos impregnando las paredes, por el color y el calor, por el olor suave y personal que le hacía sentir como si estuviese dentro de ella, bajo su misma piel...

—¿De qué hablabais Ana y tú?

—Trivialidades, ya sabes. De mi partida, de lo que puede o no puede pasar y todas esa historia.

—¿No te parece que últimamente está rara?

—Tiene dieciséis años.

—Es más que eso y lo sabes.

—No te entiendo.

—Está enamorada de ti.

Fingió lo mejor que pudo, pillado a contrapié por las palabras de Noelia.

—¿En serio?

—Sí, hombre, ¿no me digas que no lo has notado?

—Pues no.

—Tiene todos los síntomas –Noelia acabó de arreglar su entorno–. Basta con ver cómo te mira. Te devora con los ojos.

—Pues vaya.

—No pasa nada –se encogió de hombros–, es algo natural.

—No sé si lo será o no, pero en unos meses se ha puesto...

—Entonces ya sabes: a por ella.

Marcos se agitó

—No seas bruta.

Se fijó en sus movimientos, secos, precisos. Noelia pareció contemplar su habitación, de pronto, igual que si buscara una mota de polvo o un libro mal puesto, una arruga en la colcha o un cuadro torcido. Su mirada era punzante, críptica. Su rostro no reflejaba emoción alguna.

—¿Qué te pasa? –quiso saber él.

—Nada.

—Venga, mujer...

—No es nada.

Intentó atraparla, y fue lo mismo que tratar de pescar un pez con las manos. Noelia se le escabulló resbalando por entre sus dedos, que por otra parte no buscaron la menor presión, tan solo retenerla con el corazón.

A un metro de él, que de hecho era un repentino abismo, se echó a llorar.

Marcos se sintió herido.

Anonadado.

No resistía el dolor, ni las lágrimas de una mujer. Las de Noelia lo atravesaron.

—Cariño...

Noelia levantó una mano para que no siguiera. La otra la tenía en sus labios, apretándoselos con el puño cerrado.

—Ven –pidió Marcos.

—No —se retiró otro metro más para mantener la distancia–. Se me pasará, ¿vale? Déjame.

—Volveré, tranquila –dijo él.

—Bien.

—No va a suceder nada –insistió–. Mucho ruido y pocas nueces. No están tan locos como para liarla, ninguno.

—Ya lo sé.

—Pues siendo así...

Noelia sorbió sus lágrimas. Respiró con fuerza para nivelar sus emociones y fue capaz de levantar la barbilla. Luego se pasó las dos manos por los ojos y abrió el armario para sacar una chaqueta de su interior.

—¿Te importa que comamos fuera, en cualquier parte, lo que sea?

¿Le importaba?

Sí, le importaba, pero no se lo dijo.

Marcos miró la cama.

—No, lo que prefieras.

—De todas formas Ana estará aquí, así que prefiero no hacer nada.

—Bien, de acuerdo.

—Ahora vuelvo.

Salió de su habitación llevándose la chaqueta y dejó la puerta abierta. Marcos la oyó entrar en el cuarto de baño y entonces sí, se derrumbó sobre la parte baja de la cama. Quedó sentado allí, con la cabeza hundida entre las manos.

Un minuto, más.

Tenía que estar en casa pronto, para la dichosa cena. Los padres de Noelia regresarían a media tarde. Ya no tendrían tiempo para nada más. Pero lo preocupante era la reacción de Noelia.

Atrapada por el vértigo que los sacudía a todos.

Un minuto, más.

Marcos se sintió observado. Fue un fogonazo. Un súbito estremecimiento que le sacudió la piel y se la erizó, igual que si una mano cálida le recorriera el interior del cuerpo.

Miró hacia la puerta.

Ana estaba allí, apoyada en el quicio, mirándolo de una forma desconocida, sensual, pero también lastimera.

La mirada que, quizá, cualquiera dirigiría a un condenado a muerte.


Rodrigo dejó de hacer zapping para quedarse con las imágenes del informativo.

En el resto de las cadenas todo eran trivialidades, documentales, dibujos animados para adultos, informativos locales o programas del corazón. Una pura bazofia.

La voz del presentador surgió en off por encima de una vista aérea en la que se veía una manifestación multitudinaria tomada desde el aire.

—... por lo que las manifestaciones del día de ayer cabe considerarlas las más numerosas de las que han tenido lugar en España desde...

El helicóptero recorría las calles. Una marea humana, compacta, reivindicativa, lúdica, porque por encima de los gritos y las consignas, todo el mundo parecía feliz. Se reían.

Se reían.

Protestaban por La Gran Tragedia Que Se Le Venía Encima Al Mundo pero les daba por reírse y cantar.

La imagen pasó a otro helicóptero. Y a otro, y otro más. Barcelona, Madrid, Sevilla, Valencia, Zaragoza, Bilbao, San Sebastián, Vigo...

—...en Madrid y en Barcelona, con más de un millón de personas según los organizadores, doscientas mil según fuentes gubernamentales...

Las imágenes pasaron a ser de tierra. Leyó las pancartas, escuchó las voces.

Rodrigo bufó.

La mayoría de aquellos chicos y chicas, jóvenes, eran como Gabriel. Cabellos largos, barbas, ropa desastrada, informalidad... Y las chicas... provocativas, cada vez con menos ropa, con un mal gusto absoluto, vulgares, sin ninguna feminidad. Un mundo absurdo, sin formas ni moral. Se negaba todo y bastaba con oponerse al sistema y el poder establecido. Ellos estaban contra el resto de la humanidad.

¿De qué servía tener dieciséis, dieciocho, veinte años?

Los Marcos de la cordura frente a los Gabrieles de la desidia y el infortunio.

Rodrigo volvió a realizar un rápido zapping. En el primer canal que visualizó continuaba un programa de chismorreos. En el segundo los créditos del documental que emitían. En el tercero surgió la imagen de un político.

De izquierdas.

—...la guerra de Irak se hizo contra la legalidad internacional, y el mundo entero claudicó, se puso de rodillas ante la prepotencia de los Estados Unidos y sus falsos argumentos, como posteriormente quedó demostrado. Ahora, pese al consenso, no podemos cerrar los ojos otra vez, porque la ambigüedad de los argumentos que se nos vuelven a esgrimir, igual que en el cuento de la zanahoria y el burro, no es más que una patraña enmascarada en la necesidad de seguir manteniendo una hegemonía imperialista destinada a someter al mundo a una esclavitud social, cultural y económica, consentida y resignada. Digamos las cosas por su nombre: no va a haber una campaña contra el terrorismo, ni una misión de paz en nombre del mundo libre. Lo que vamos a presenciar es una guerra totalitaria, un chantaje a unas naciones para que, con la excusa de que limpien sus países, pierdan sus identidades, por las buenas o por las malas. Hagan lo que hagan, a los Estados Unidos les parecerá poco, y lo mismo que en el caso de Irak hace unos años, la decisión ha sido ya tomada de antemano. Arabia Saudí, Siria, Irán... vamos a desencadenar un efecto dominó que alterará el equilibrio en Oriente Medio y que creará todo lo contrario de lo que se pretende: más frustración en el mundo árabe, más terrorismo, más fundamentalismo religioso y político. El día que una bota infiel pise la tierra sagrada de los árabes en La Meca o...

—¡Cállate! –gritó de pronto Rodrigo.

Cambió de canal, furioso.

Encarna asomó la cabeza por la puerta de la sala.

—¿Decías algo?

—¡Hay que ponerlos firmes! –paso de su mujer y le hablo al televisor–. ¡Qué tanto integrismo y tanta historia! ¡Si no se les recuerda quién manda, esos fanáticos son capaces de todo!

Encarna parpadeó. En el televisor vio el anuncio de un coche maravilloso que parecía conducirse solo.

—Rodrigo, ¿quieres dejar de gritar?

—¡Bah!

Hizo un gesto desabrido y reanudó el zapping.

En la primera cadena arrancaba el informativo. Un locutor enunciaba los titulares del día. Lo primero, la marcha de las tropas españolas, ya inminente, para dirigirse a su misión humanitaria en pro de la paz. Lo segundo, la serie de atentados suicidas y con coches bomba acaecidos en Jerusalén y Tel Aviv durante una noche de terror sin límites. Lo tercero, el discurso del presidente de los Estados Unidos, enfático, anunciando el fin inminente del terrorismo y el advenimiento de una Nueva Era de Paz. Lo cuarto eran las propias palabras del presidente español, apoyando sin reservas a su homólogo del otro lado del Atlántico. Solo en quinto lugar se hacía referencia a las manifestaciones del día anterior, en España y en el resto del mundo.

Rodrigo dejó el mando a distancia.

Todo seguía igual un minuto después, cuando regresó Encarna con la sopera. La depositó en la mesa y, sin darse cuenta, prestó atención al locutor intentando descifrar de qué estaba hablando.

A ella lo único que le interesa era saber si habría o no un «conflicto armado», como lo llamaban ellos para no emplear la palabra «guerra».

—¿Quieres apagar eso de una vez y sentarte a la mesa, Rodrigo? —lo conminó con un tono que dejaba un nulo margen para la discusión habida cuenta las normas de convivencia establecidas por él mismo y que eliminaban la televisión a la hora de comer o cenar.


Gabriel estaba en la puerta de su habitación, asomado al pasillo aunque sin salir del todo. Desde allí había escuchado el último grito de su padre dirigido a la televisión, que fue lo que le detuvo en seco; desde allí había visto cómo su madre salía de la cocina con la sopera; y desde allí oía ahora cómo ella le pedía que apagara el aparato.

—Quiero ver qué dicen de...

—No, Rodrigo. Apágalo. No quiero escuchar nada de lo que digan mientras comemos. Por favor.

—Bueno, avisa a los chicos.

—Rodrigo...

El televisor dejó de emitir.

Hasta ellos llegó la voz de su madre anunciando:

—¡Gabriel, Leti, Luis Enrique, a comer!

El niño fue el primero en despegar y aterrizar. Salió de su habitación, cruzó el pasillo de punta a punta, prescindiendo de que su hermano estuviese allí, quieto, y entró en el comedor para evitarse la bronca habitual por llegar el último. Gabriel no se movió todavía. Leticia sí se detuvo extrañada por su presencia.

—¿Qué pasa? –susurró expectante.

—Dios, en cuanto pueda me abro –le mostró él una extraña rendición.

—¿Siguen igual?

—¿Tú que crees?

—Pues pasa, tío –la chica se encogió de hombros.

—Yo no puedo desconectar poniéndome unos auriculares.

—No seas burro.

Gabriel reaccionó de forma inesperada. Levantó su mano derecha y se la puso a ella en la nuca. Fue un gesto de cariño. Un gesto de hermandad cargado de mensaje. Se la apretó dulcemente y para la chica fue un bálsamo de paz.

—Lo siento –se excusó él.

—Vale.

—Esto nos está desbordando a todos.

—Ya –Leticia bajó los ojos y se recuperó al preguntar–: ¿Fuiste ayer a la mani?

—Pues claro.

—¿Qué tal?

—Una pasada.

—¿Hubo problemas?

—No –hizo un gesto ambiguo y rectificó–. Bueno, yo no los vi, pero con tanta gente nunca se sabe si al final saldrían los incontrolados de siempre.

—Gabriel –la voz de Leticia era un susurro–, ¿de verdad crees que va a ser tan malo?

Su hermano no quiso engañarla.

—Sí, lo será.

—Pero... lo harán rápido, ¿verdad? Como lo de Irak.

—No se trata de ir rápido, Leti. Se trata, una vez más, de que es sucio. Lo hagan de una forma o de otra es sucio, egoísta y mezquino.

La voz de su madre volvió a escucharse desde el comedor.

—¡Gabriel, Leti! ¿Me habéis oído?

—¡Me estoy lavando las manos, mamá! –gritó ella. Y dirigiéndose de nuevo a su hermano en voz baja insistió–: De acuerdo, pero ellos matan inocentes con cada atentado. ¿Eso no cuenta?

—¿Y qué crees que hacen los americanos con sus bombas «inteligentes»? –remarcó esa última palabra–. ¡No hay bombas inteligentes, solo hombres estúpidos! ¡No se puede combatir el terrorismo con el terrorismo! ¡Ahí es donde naufraga toda legalidad! ¿Y por qué el árbitro del mundo ha de ser un loco paranoico ayudado por otros iluminados dementes que encima buscan sacar tajada? ¡Es como si un pirómano fuese jefe de bomberos y a la vez propietario de una maderera! Pero no es solo eso, es mucho más. Ni siquiera tenemos la decencia de ser igualitarios. Muere un occidental y se entera todo el mundo. Muere uno de esos pobres desgraciados, o mil, y nada. ¿Es justo?

Tenían que ir a comer. El siguiente aviso provendría de su padre, y les caería encima con todos los visos de ser una bomba. Leticia pareció resumir el final de su breve charla con una simple frase:

—Marcos sabrá cuidarse.

—Oh, sí –dijo Gabriel con voz átona, echando a andar por el pasillo–, sabrá cuidarse.

—Él cree en lo que hace –insistió Leticia.

Gabriel se detuvo y la miró de lleno.

—Eso es lo malo –afirmó rotundo–: morirá convencido.

—¡Ay, calla! –se estremeció Leticia.

Ella misma tomó la iniciativa, pasó junto a su hermano y le bastaron tres pasos para desembocar en el comedor, donde su madre servía ya la sopa en los respectivos platos.

Gabriel contó hasta diez y la siguió cargado de amargos resentimientos.


El lugar era tranquilo y discreto, y la comida decente sin ser demasiado cara. Los dos habían preferido el menú, para no tener que esperar la elaboración de ningún plato complicado. Sin embargo, se notaba la diferencia de apetito. Marcos ya había dado cuenta de su primer plato mientras que Noelia no hacía sino jugar con el tenedor y los macarrones, empujándolos de un lado a otro y llevándose a la boca solo un par de vez en cuando.

No era únicamente el apetito.

También se trataba de la concentración.

Noelia parecía no estar allí, sino muy lejos.

Tan distante...

Marcos no dijo nada. No esta vez. Tenía un extraño presentimiento. Lo había tenido en la habitación de ella, al echarse a llorar, y después, al pedirle que se marcharan a comer fuera en lugar de quedarse a solas en su última tarde juntos en muchos meses. Y el presentimiento se había agigantado al encontrarse con la mirada inquietante de Ana, con aquella mezcla de amor y pena, de esperanza y miedo, antes de que Noelia y él salieran de su casa.

Casi no se atrevía a decir nada.

La miró con dolorida pasión.

Era su vida, su esperanza, su voluntad. Con Noelia se sentía completo. Ella había cerrado el círculo creando el equilibrio. Recordaba el momento de conocerla, la impresión que le causó, las tácticas para acercársele, lo mucho que le costó que se fijara en él, la manera en que se ganó su confianza y su cariño. Lo suyo por ella había sido amor a primera vista, flechazo absoluto. Lo de ella por él se lo había tenido que ganar, pero tras conseguirlo... El resto fue mágico.

Ahora tenía ante sí a la Noelia del comienzo, la insegura, la dubitativa, que por fuera parecía relajada pero por dentro se debatía entre la inquietud de una zozobra que pugnaba por salir a flote.

Marcos tenía miedo de preguntar.

Así que callaba.

No era más que un mal día, aunque fuese el último de aquella etapa.

Entonces la que habló fue ella.

Hundió en él sus acerados ojos marrones y exclamó sin apenas aliento:

—Estás tan tranquilo...

—Pues claro que lo estoy –se alegró de poder romper el silencio, aunque fuese para hablar del único tema posible y del que menos quería hacerlo–. Es una experiencia. Una aventura.

—Eres un inconsciente.

—No es eso, mujer.

—Tú no eres así.

—¿Así, cómo?

—Belicoso –empleó un término adecuado.

—Por supuesto que no soy belicoso. Ser soldado y llevar un arma no es ser belicoso a la fuerza. Vamos para garantizar la paz y la tranquilidad de los demás. Además, es mi trabajo.

—¿Y si has de matar a alguien?

La pregunta fue una losa fría y pesada, muy difícil de levantar.

—¿Qué dices?

Noelia le miró la manos. Como si ya las tuviera manchadas de sangre, se estremeció.

—Escucha, cariño –Marcos no se atrevió a tocarla con ellas. Detuvo su gesto. Se limitó a hablarle desde el otro lado de la mesa–. Yo no me hice soldado para matar, sino porque creo que puedo ser útil. Puedo hacer algo. Y lo haré.

—Marcos –insistió Noelia–. No digo que quieras o vayas a hacerlo, pero si tienes que hacerlo...

—En este caso lo haré.

Fue categórico. No podía cometer el absurdo de mentir.

No defenderse era igual que suicidarse.

Noelia dejó el tenedor, incapaz de seguir comiendo.

—Es una pesadilla –suspiró.

—Creo que haces demasiado caso de algunos medios de información catastrofistas, o de tus amigas. Deberías mirarme a los ojos y confiar en mí.

—¿Confiar en ti? –no hubo burla ni acritud, solo desesperanza–. No eres más que un peón en la partida. Todos lo sois.

—Yo no lo veo así. Somos los peones los que trabajamos.

Se arrepintió al momento de haber empleado aquel término.

Apareció el camarero. Salió de la nada y quedó de pie frente a ambos. Tenía la piel oscura, tal vez fuera norteafricano. Sonreía con todos sus dientes asomados al exterior.

—¿Retiro los platos ya?

—Sí, por favor –dijo Noelia.

Se los llevó y esperaron el segundo. Marcos tampoco tenía ya hambre. Quería abrazarla, besarla, sentirla. La necesitaba más que nunca, y necesitaba marcharse con una sonrisa de aliento y una caricia en el corazón. A veces le costaba decir cosas importantes, sentidas, le podía cierto grado de timidez. Ahora no fue así.

—Te quiero, y eres lo que más me importa. ¿Crees que haría algo de lo que no pudieras sentirte orgullosa?


La comida fue silenciosa.

El único sonido lo produjeron las cucharas, los cuchillos y tenedores, el tintineo de los vasos al rozar con la jarra o con los platos.

Las miradas, en cambio, eran como truenos.

Gabriel no había abierto la boca.

Leticia ayudaba, dándose cuenta de la situación y de que lo más importante era no prender ninguna chispa.

—Voy a por más agua, mamá.

—Gracias, hija.

Salió del comedor con la jarra. Rodrigo miró a Gabriel.

A veces no sabía si la sensación que más le dominaba con respecto a él era la de pena o la de rabia.

—¿Vamos a ir al cine? –preguntó Luis Enrique.

Leticia regresaba con el agua,

—Hoy no –dijo su madre.

—¿Por qué?

—Hay mucho que hacer.

—¿Voy a pasar toda la tarde en casa? –enfatizó la palabra «toda» dándole dimensión infinita.

—Tú aún tienes que hacer deberes.

—Pero si los hago en nada.

—Llevas todo el fin de semana diciendo lo mismo.

—¿Qué tiene de malo ir al cine a primera hora?

—Hoy no.

—¿Puedo ir solo?

—No.

—¡No es justo!

—En eso estamos de acuerdo: no es justo. Pero ya ves.

—Tengo casi diez años.

—Luis Enrique, come y calla.

—Mamá...

—Luis Enrique.

Se calló tras mirar a su padre, que aún no había abierto la boca.

—Tú tienes fútbol, ¿no? –le preguntó Encarna a su marido.

—En el Plus, sí. Pero no es un partido importante.

—Mejor. Podremos cenar a una hora decente.

Fue todo por el momento.

Un largo minuto.

Entonces Rodrigo levantó la cabeza, volvió a mirar a Gabriel e hizo la pregunta:

—¿Qué estás escribiendo?

El chico quedó sorprendido. Lanzó una mirada de soslayo a su madre.

—Nada.

—¿Nada? Pues llevas toda la mañana dale que te pego.

—Es un trabajo.

—No irás a meterte en líos por Internet ni a mezclarte con nada subversivo escribiendo panfletos.

—¿Estás de guasa? –a Gabriel le dio por reír–. Lo de los panfletos era hace años, papá. ¿En qué mundo vives?

—Yo sé en qué mundo vivo. Tú no tienes ni idea.

Se sintió irritado, por su cabello, la barba de dos o tres días, el pendiente, la camiseta con el nombre, el logotipo y la imagen demencial de unos degenerados, y además ingleses, o americanos.

—El tío Bernabé nos dijo que tenía talento –no pudo evitar defenderlo su madre.

—Mi hermano se gana la vida haciendo novelitas baratas y relatos eróticos en revistas de tercera, así que no es el más adecuado para dar lecciones de literatura.

—Pero hace lo que quiere, vive como quiere, no aguanta a nadie y es feliz –intervino Gabriel.

—¡Oh, sí, feliz! –Rodrigo se llenó de sarcasmo–.

Un matrimonio roto, dos hijos a los que ni ve, una chica veinte años más joven que él, separada y con una niña pequeña... A eso lo llamo ser libre y feliz, desde luego.

—No quiero discusiones en la mesa –advirtió Encarna.

—¿Quién discute? –manifestó su marido abriendo las manos en un gesto explícito–. Estamos hablando. Le he preguntado a mi hijo si le va a dar por escribir, nada más.

—¿Y si me da?

—¿De qué vas a escribir tú?

La pregunta rezumó desprecio.

—Rodrigo, llevas un día... –suspiró Encarna dando visos de agotamiento.

—Hay mucho de qué escribir, papá –dijo Gabriel.

—¿De la guerra y la paz? ¿De la manifestación a la que fuiste ayer? Porque estabas ahí, ¿verdad? –señaló el televisor.

—Por supuesto que estaba, como todo el mundo.

—Como todo el mundo.

—Rodrigo...

Encarna se llevó una mano a la frente. Leticia se mordió el labio inferior. El más expectante era Luis Enrique, que masticaba con toda potencia sin perderse detalle de la discusión. Acababa de enterarse de que Gabriel escribía y eso le parecía fascinante. Tenía un montón de ideas que darle.

—Es increíble –masculló el cabeza de familia–. Como todo el mundo –sintió que la adrenalina rebosaba el vaso de su paciencia. Miró a su mujer–. Tenemos un hijo con sentido común, que hace lo que tiene que hacer y va a estar donde hay que estar, con un Gobierno que da la talla respaldando la libertad, y resulta que «todo el mundo» está en contra –no elevaba la voz, pero no era necesario–. Esto me recuerda a los pobres chicos americanos que fueron a Vietnam a parar el comunismo. Volvían a sus casas heridos y encima la gente les llamaba asesinos de niños y violadores de niñas. ¡Claro que se volvieron locos! ¿En qué mundo vivimos?

—Papá –Gabriel no hizo caso del gesto de su madre–, la guerra es impotencia humana, el fracaso absoluto, la ley del más fuerte. Bastante indigno fue que existieran Hitler o Mussolini, pero que en la actualidad un país esgrima la bandera de la libertad para hacer lo que le da la gana y otros se lo crean...

—¡Es el terrorismo o la estabilidad mundial! ¡Nos jugamos eso!

—¿Qué terrorismo? ¿El suyo es terrorismo y al nuestro lo llamamos guerra justa, o preventiva? ¿Y qué estabilidad? ¿La Pax Americana? ¿Primero matas y arrasas y luego reconstruyes y te enriqueces, y de paso inculcas tus ideas? ¿McDonalds y Nikes para todos? La historia te demuestra que en los últimos doscientos o trescientos años eso jamás funciona y que a la larga...

Encarna se puso en pie.

Y todos la miraron con temor.

—Mi hijo se va –anunció despacio–. Tu hijo se va –miró a su marido–. Vuestro hermano mayor se va –miró a Gabriel, a Leticia y a Luis Enrique–. ¿Podemos comer en paz y hacer que esta noche se sienta feliz y sepa que lo queremos?

# 5

*El día que mi hermano se marchó a la guerra aprendí muchas cosas, más de las que jamás hubiera imaginado. Uno cree saberlo todo a los quince, y a los diecisiete comprende que no sabía nada. Y cuando se está seguro a los diecisiete, vas y descubres un año más tarde que entonces seguías igual. No sé, pienso que tal vez me suceda lo mismo a los diecinueve, los veinte, los veinticinco...*

*A eso se le llama vida.*

*Como decía John Lennon: «La vida es eso que pasa mientras haces planes».*

*Yo digo que la vida es eso que se te escapa entre preguntas sin respuestas y entre respuestas que ni siquiera tienen preguntas.*

*Aquel día sé que aprendí a valorar las palabras, a digerir los pensamientos y a ser menos radical aunque fuese demasiado tarde, porque siempre hay alguien en medio al que tu radicalismo y vehemencia pueden arrollar y herir. A veces pienso en mi madre, pero más aún en Leti y en Luis Enrique. Siempre ellos. Mamá* era el resultado de una educación y un estancamiento marcado y dominado por la maternidad y el compromiso para con nosotros. Pero mis hermanos pequeños estaban todavía en la rampa de salida del dolor, los sentimientos que nos marcan y las sensaciones que a lo largo de la existencia nos hacen ser como somos.

Es decir, no me arrepiento de nada de lo que hice o dije, pero sí lamento el momento.

Yo solo quería ser libre.

Pensaba que esa era la Gran Partida, y que si me salía acabaría sintiéndome un cobarde.

La comida pasó sin más. Hubo una mecha, un ascua, pero mamá detuvo las hostilidades. Lo hizo según su estilo, y en ese momento ni mi padre ni yo pudimos hacer nada. Yo hablaba de una generalidad, y mi padre de otra. Creo que no nos atrevimos a entrar en el tema a saco. No sin Marcos delante.

Por un momento miré a Luis Enrique.

En su cara leí dos certezas: una, la que entendía que papá llevaba razón, por aquello de que no quería que unos desconocidos le pusieran una bomba en la calle; y dos, la que entendía que su propio hermano mayor podía poner esa bomba en la calle de otro niño en cualquier otra parte.

Para Luis Enrique, suponer que en las guerras había «malos», y que esos eran siempre «los otros», era tan sencillo como ver una película del Oeste e ir a favor de los soldados y contra los indios.

Pobres indios.

La comida nos dejó la ventana abierta y el disparadero a punto. Una ventana por la que empezaron a fluir los olores y a entrar las moscas. Una tregua ficticia.

*Después cada cual echó a correr en una dirección: mamá se refugió en su silencio, papá en la distancia de su despachito casero, Leti salió con sus amigas, Luis Enrique se quedó solo y aburrido, y yo me fui en pos de mi propia libertad.*

*Con Lidia.*

Luis Enrique hizo un barrido por todos los canales aprovechando que estaba solo. Intentó no subir mucho el volumen. El zapping lo llevó de una película a otra, porque era como si en todas las cadenas, el domingo por la tarde, no hicieran otra cosa. Dos eran infantiles, y ya las había visto varias veces. Una tercera era romántica y le bastaron unos pocos segundos para arrugar la cara y pasar de ella. La cuarta en cambio prometía.

Era de guerra.

Se le antojó antigua, muy antigua, en blanco y negro, pero quedó enganchado con las imágenes, de una rara perfección, una nitidez exquisita. El tono, dramático, era denso, y la batalla con la que se adentró en ella muy real. Tierra rota, trincheras, cargas con la bayoneta calada, los oficiales arengando a las tropas con silbatos, explosiones, huecos llenos de cadáveres, cuerpos destrozados...

—Luis Enrique, ¿qué estás viendo?

—Nada, mamá.

Cambió de canal. Se fue a una de las estupideces infantiles. Un perro aterrorizaba a toda una familia babeando por donde pasaba y destrozándolo todo. Cuando la vio por primera vez le encantó. Cuando la vio por segunda vez le encantó aún más. Cuando la vio por tercera vez pidió un perro y su padre le dijo que no quería más animales en casa. Pilló la indirecta. Después la misma película se le antojó idiota. Absurda. ¿Qué familia aguantaba a un perro que lo babeaba y lo destrozaba todo?

Y encima la emitían por la tele constantemente.

Volvió a la de guerra cuando escuchó a su madre de nuevo en la cocina.

Ya no había batalla. Ahora hablaban. Por un lado estaba un general o algo así, y por el otro, dos tipos también muy marciales y llenos de estrellas y condecoraciones, pero evidentemente de menor rango. El general decía:

—Hay que tomar esa colina. Es necesario.

Y uno de los otros dos:

—Costará un 85% de bajas, señor.

—La patria lo exige. Se trata de una cuestión de orgullo.

—Pero la colina no es necesaria. Puede rodearse, aislarse.

—¡No! Francia ha de demostrar su valor. El honor es lo que cuenta, caballeros. Sin honor no hay valor, y sin valor no hay victoria. Esos soldados darán gustosos su sangre por su país.

—¡Luis Enrique!

Demasiado tarde. Estaba pendiente del diálogo y no había notado la presencia de su madre a su espalda. Cambió de canal pero ya no pudo evitar lo que se le vino encima.

—¡Vete a tu cuarto a hacer los deberes!

Pensó en discutir. Pensó en ofrecer resistencia.

Pero comprendió que no era el día, ni el momento. Un horizonte negro se expandía por su futuro más inmediato. Domingo en casa. Solo. Hasta Chema se había ido al cine. Y a él no lo dejaban ir solo o con sus amigos porque la última vez se pasó y llegó dos horas tarde. Su madre ya estaba llamando a los hospitales. Así que el castigo se mantenía porque la cosa estaba todavía reciente.

Apagó el televisor, se levantó de la butaca, dejó caer la cabeza sobre el pecho, igual que un condenado a muerte, y arrastró los pies y su cuerpo en dirección al calvario de su habitación.


Marta, Carolina y África la estaban esperando en una de las colas del cine, bastante largas ya porque la hora de inicio de la primera sesión se aproximaba. Llegó a la carrera y las divisó a lo lejos al mismo tiempo que lo hacían ellas, que levantaron sus manos para llamarla. Cuando se sumó al trío no hubo besos ni saludos.

—Por los pelos.

—Si es que voy tan justa...

—Cómprate un móvil, tía.

—Las ganas. Bueno está mi padre.

—¿Qué tal?

—Psé, con el mismo marrón de los últimos días.

—Mal rollo.

—Sí.

Había cinco colas, una para cada taquilla del multicine. La mayoría eran chicos y chicas adolescentes, y muchos niños pequeños acompañados de padres y madres, y también del padre o de la madre individualmente. Tal vez fueran los de la última generación de separados. Tal vez uno de los dos se sacrificara para cumplir con el ritual mientras el otro pasaba. Leticia los contempló. Se estaba volviendo reflexiva y detallista, y aún no sabía si eso era bueno o malo. A su alrededor las cosas cambiaban demasiado aprisa. Y con la marcha de Marcos, más.

Aquella sensación...

—¿Cuándo se va tu hermano? –preguntó Marta.

—Mañana.

—A lo mejor le vemos por la tele.

—¿Por qué?

—Hoy en día todas las guerras se televisan en directo, en plan reality show.

—No hay guerra.

—A mí, mientras se líen al otro lado del mundo... –hizo un gesto impreciso Carolina.

—Como echen una bomba atómica te vas a enterar de si es al otro lado del mundo –le reprochó África.

—¡Ay, calla!

—Venga, ¿qué vemos? –dijo Leticia.

—Yo voto por la de risa.

—Yo por la romántica.

—No seas empalagosa.

—Bueno, es mi voto, ¿no? Si decidís otra ya está.

—Leti necesita divertirse –proclamó África.

—Eso sí –reconoció Carolina–. Con todo ese rollo de tu hermano... Mi madre dice que la tuya no para de llorar.

Leticia apretó las mandíbulas. Sabía que su madre estaba crispada, nerviosa, mal. Pero no que «no parase de llorar». Eso lo ignoraba. Todo el mundo sabía más que ella.

Se enfureció.

Y no fue por el único motivo.

De pronto vio a Pablo.

Pablo en otra cola, con Silvia, una chica un año mayor que él, y solos, nada de pandilla. Solos.

África le dio un codazo.

—Ya, ya –dijo Leticia.

—Vaya con Silvia.

—Fijo que van a ver la romántica –manifestó Marta.

—O la de miedo –el tono de Marta fue malicioso–. Así ella finge que está aterrorizada y se le agarra del brazo.

—Bueno, que nos toca, ¿cuál?

Leticia miraba de reojo a Pablo y a Silvia. Ella estaba mucho más formada, era alta, y tenía un cuerpo precioso. Cuando reía echaba la cabeza hacia atrás, y el pelo se extendía por encima de los hombros. Su increíble cabello rubio natural. Pablo no veía nada ni a nadie.

Jamás lo hubiera imaginado.

Pablo y Silvia.

—¿La comedia? –propuso África.

—De acuerdo.

—Sí, vale.

Fue su turno. Las compraron una a una. Leticia intentaba pasar, pero no podía. Una y otra vez buscaba los cuerpos del chico que le gustaba y de su inesperada rival. Una y otra vez los localizaba fácilmente por el destello rubio de Silvia. Ya con las entradas en la mano se apartaron de las colas y las rodearon por arriba para dirigirse a la entrada de los multicines. Creía que ya no los volvería a ver, pero sus amigas insistieron en comprarse palomitas y un refresco. Hicieron la nueva cola.

Cuando llegaron a las salas comprobaron que la suya era la 9.

Pablo y Silvia entraban en ese instante en la 8, la de la película romántica.

—No te pongas de mal humor ahora –le cuchicheó África al oído.

—¿Yo? Qué poco me conoces.

Pero estaba de mal humor, sí. Y rabiosa. Tanto que lo que menos deseó en ese momento fue ver una película estúpida, de risa, porque sabía que por divertida que fuese a ella no se le iba a escapar ninguna carcajada.

No con Pablo y Silvia al otro lado, en la sala contigua, quizá cogidos de la mano, quizá...


Se había hecho tarde para ir al cine. La primera sesión estaba empezando, y la segunda acabaría a una hora demasiado justa para llegar a casa temprano como había prometido.

De todas formas, ninguno de los dos parecía tener prisa por nada, y menos por encerrarse en una sala a ver lo que fuera para pasar el rato.

—Es el día que más me gustaría no estar en casa, pero... –reconoció Gabriel.

Lidia se apoyó en el poste del semáforo. La mayoría de chicas caminaban con los brazos cruzados sobre el pecho, como protección o defensa. Ella no. Lucía lo que tenía con normalidad, lejos de la provocación pero también de la timidez inherente a la edad. Llevaba unos vaqueros holgados y una camiseta blanca ajustada.

A veces Gabriel se la imaginaba desnuda...

—¿Vamos a tomar algo, a pasear o a ver si encontramos a Lucas y Sandra? –propuso como si ella pudiera captar el color de sus pensamientos.

—No, ellos no –se apresuró a decir Lidia.

—Creía que eran tus amigos.

—Y lo son, pero no para una tarde como esta.

No le preguntó qué quería decir con esas palabras. El semáforo cambió a verde y cruzaron la calzada sin prisas, envueltos por media docena de parejas más que se dejaban llevar por sus paces y sus guerras.

Gabriel recordó las primeras citas.

Se reían, hacían el burro, decían las cosas más insospechadas, se daban cortes, se peleaban.

Después del primer beso y de aquella mirada...

Todo era distinto. Mejor. Único.

A pesar de lo cual todavía no se atrevía a dar nada por sentado, ni a cogerla de la mano o buscar sus labios sin más al encontrarse.

Lidia siguió con la mirada a una pareja que se besaba sin dejar de andar, igual que si sus pies conocieran el camino a seguir. Formaban parte de la legión de los que compartían el mínimo espacio, novios capaces de vivir y sobrevivir en una baldosa mientras estuviesen juntos, respirando el mismo aire, apretándose el uno contra el otro con cada beso y soñando, tal vez, con el ideal de todos los enamorados: fundirse en esencia con la persona amada.

—Háblame de la novia de tu hermano –propuso.

Gabriel dejó de observar a la pareja.

—Marcos dice que aún no van en serio.

—¿No babea por ella, besa el suelo que pisa y salen juntos desde hace la tira?

—Sí.

—Pues es serio.

No quiso preguntarle si era su mismo caso, porque más o menos las circunstancias eran las mismas, aunque ellos no llevasen saliendo mucho tiempo.

—No la conozco mucho. La he visto media docena de veces y nada más.

—¿Pero qué tal es?

—Normal.

—Hijo, ¿y quieres ser escritor? ¡Qué parquedad!

—Es que no sé qué decirte. Es guapa, interesante, callada, observadora...

—¿Te gusta?

—Como persona, no es mi tipo. Como chica... no sé. A él le va cantidad.

—No me gustaría estar en su pellejo.

—¿Por lo suyo?

—A ver. Va a quedarse aquí de novia sufrida mientras tu hermano se va a Dios sabe dónde. Si hay lío, lo pasará fatal. Y si no, estará aquí sola, preguntándose qué hace, con quién... Lo mires como lo mires es un coñazo para el que se queda.

—¿Qué harías tú?

—Mira, yo de entrada no me habría liado con un soldado.

—Así que...

—Aborrezco las cadenas –dijo Lidia–. Toda clase de cadenas.

—Me consta.

—¿Por qué lo dices?

—Ayer, en la mani –hizo un gesto difícil de clasificar, aunque pareció de admiración–. Estabas...

—¿Qué? –lo animó a seguir.

—No sé cómo decirlo. Radiante, distinta, tan viva.

—Anda ya. Todos lo estábamos.

—Yo nunca te había visto tan apasionada, los ojos brillantes, toda esa energía.

—Porque hace muy poco que nos conocemos, mira este.

No pudo evitarlo, ni reprimirlo. Además lo hizo en el momento adecuado, con la inflexión justa. Le pasó un brazo por encima de los hombros, la atrajo hacia sí y la besó en la mejilla.

Lidia se dejó arrastrar.

Casi fue como si se deshiciera en sus brazos.

Luego siguieron andando, nuevamente libres, el uno al lado del otro. Gabriel mirándola de reojo y ella con los ojos fijos en el suelo.

Sonreía.


Dejaron de caminar de pronto, cuando Noelia se detuvo para sentarse en aquel banco, sin previo aviso, sin preguntárselo. Solo se derrumbó, como si estuviese cansada por el paseo desde el restaurante en el que habían comido. Marcos vaciló, pero la secundó ocupando el espacio vacío a su lado. Mientras ella miraba al frente, él la cubrió con sus ojos.

No sabía de qué forma atravesar aquella coraza, aquel hielo.

Y no quería romperla.

No hubiera sabido cómo enfrentarse a sus lágrimas.

Se acercó a su compañera, la besó en la mejilla, aspiró su perfume y la deseó más de lo que nunca la había deseado antes, porque se daba cuenta de que aquella era una última tarde en muchos meses. Tendría que vivir de ese recuerdo durante un sinfín de horas y momentos.

Quiso gritar, pero en lugar de ello susurró:

—¿Estás bien?

—No.

—Por favor...

—No sé fingir, Marcos.

De alguna forma, pensó que se equivocaba, pero aún así se lo dijo.

—Vamos a tu casa.

—No –Noelia fue rotunda–. Estará Ana.

—¿Seguro?

—Es capaz.

—Pues que le den. No haremos ruido.

—No, Marcos.

—Me voy mañana, por Dios –su tono fue casi implorante–. A saber cuando...

—Exacto –ella lo miró fijamente–, a saber cuándo volverás.

—Me lo estás poniendo muy duro.

—¿Yo a ti?

—Yo no puedo elegir. Tú, sí.

Noelia no reprimió un bufido de sarcasmo. Sus miradas se entrelazaron hasta agotarse. La de ella se rindió la primera y cayó sobre sus manos, apoyadas en el regazo. Contuvo una nueva cortina de lágrimas.

Marcos intentó atraparla y, por segunda vez, ella se resistió.

Levantó su mano derecha para ponerla como barrera.

A él se le antojó que la muerte debía de ser algo parecido a aquel frío. Le subió por la espina dorsal hasta la nuca, y luego le congeló la razón.

—Lo siento, Marcos –suspiró Noelia.

—De acuerdo, no vamos a tu casa.

—No es eso.

—No pasa nada, en serio. Te quiero y lo único que...

—No voy a esperarte.

El frío le paralizó los sentidos.

Sabía de qué le estaba hablando. Lo estuvo presintiendo todo el rato. Lo supo incluso en casa de Noelia, cuando Ana lo miró de aquella forma dominada por el desencanto y la tristeza.

Su única resistencia fue proferir un lacónico:

—¿Qué?

Noelia bajó la cabeza. Le cayeron dos lágrimas, enormes, pesadas. Mojaron sus manos.

—Noelia...

—No estamos prometidos –musitó ella–. No somos novios. Todos lo dan por hecho, porque salimos juntos, pero...

—Te quiero.

—Y yo a ti, es decir... –se encogió de hombros–. Bueno, no sé, porque si te quisiera... Puede que me haya engañado a mí misma, y siento... siento decirte esto hoy, precisamente hoy...

—Estás confundida, nada más.

—¿Confundida? –negó con la cabeza–. No, y no quiero acostarme contigo, ni aunque sea la última vez. No podría. ¿Luego qué? ¿Una carta? ¿Así de fácil y cobarde? Me sentiría... sucia, ¿entiendes? Por duro que sea prefiero decírtelo a la cara.

Se sintió anonadado, desnudo, desprovisto de todo orgullo. Le habría implorado.

—Estás asustada, nada más. Si quieres podemos aplazarlo todo...

—Marcos, por favor.

—¡No es justo! –reaccionó por primera vez.

—¡Claro que no es justo! –se rebeló ella–. No es justo que tú te vayas, ni lo es que yo me quede aquí. De eso es de lo que te estoy hablando. No soportaría esperarte semanas y meses, en casa, sufriendo por si te pasaba algo. Yo no soy así. ¡No puedo quedarme en casa como una viuda prematura! ¡Tengo diecinueve años! –por primera vez le puso una mano sobre las suyas–. Mira, que fueras soldado ya era malo, pero esto...

—¡Volveré en un abrir y cerrar de ojos!

—Puede que sea así, y que yo te quiera, y me haya arrepentido, y que te pida perdón y... ¡qué se yo! Pero ahora no quiero ser la novia que espera en casa y escribe cartas mientras cada día se le salta el corazón viendo el telediario. No me veo haciendo ese papel. Quiero salir, sentirme viva, libre, y desde luego todo menos culpable. ¿Sabes lo que me haría a mí misma si me quedara así? ¿Y lo que te haría si te dejara marchar tal cual, sin más? ¡Es por salud mental! ¡Tú estarás ocupado todo el día, jugando a tus misiones de paz o a la guerra, pero yo estaré aquí, sola, comiéndome el tarro, y no soy ninguna heroína de novela! ¡Necesitas ser tan libre allí como yo lo necesito aquí!

—No puedes hablar en serio. Son los nervios...

—Estaba de los nervios –repuso ella con calma–. Lo he estado todo el día, pero justo ahora es cuando ya no los tengo. Lo he soltado y ya está. Ayer, de pronto, lo vi claro. Fue un golpe directo aquí –se tocó el vientre–. Puede que ahora me odies, que me llames egoísta, pero tarde o temprano sabrás que tengo razón, y que es mejor para ti.

—Nada puede ser mejor que tú.

—No quiero discutirlo, Marcos.

—Espera...

—Cuídate.

Fue un último intento. Murió apenas iniciado porque ella se puso en pie. No la secundó. Las piernas no lo habrían sostenido. Y además, era un adiós. Total y directo.

El adiós.

Pronunció su nombre una vez más.

—Noelia...

Y ese sonido fue lo que la acompañó mientras se alejaba de su lado, con la cabeza hundida sobre el pecho, dejándolo atrás bajo la tarde lánguida y perezosa.

Tan rápido que Marcos tuvo que cerrar y abrir los ojos para darse cuenta de que era cierto.


Luis Enrique cerró el libro y repitió el último párrafo de memoria.

Ningún problema.

—¡Ya está! –cantó victorioso.

Salió de su habitación y buscó a su madre. La encontró en el cuarto de la plancha haciendo lo que solía hacer en ese cuarto: planchar. Metió la cabeza y le anunció:

—Deberes hechos.

—¿Seguro?

—Que sí, pesada.

—Me gustaría verlo.

Luis Enrique se sintió ofendido por la desconfianza materna. Más que ofendido, herido. La contempló desde la puerta y acabó resignándose a su suerte. El mundo de los mayores era ambiguo y complejo, estaba lleno de pasadizos secretos y medias verdades tan abstractas como las medias mentiras. A veces le habría gustado saber qué pasaba realmente por la cabeza de su madre o su padre. Incluso Marcos y Gabriel eran ya mayores. Y Leticia estaba loca, aunque decían que eso se curaba.

¿Por qué su padre estaba siempre tan serio? ¿Por qué su madre estaba siempre tan asustada y preocupada? ¿Por qué nadie reía en su casa mientras que en el piso de Chema sí lo hacían?

Su madre atacaba con ferocidad una camisa de su padre. La plancha era algo más que un instrumento. Era el látigo mediante la cual la sometía.

Se apartó de la puerta y deambuló por el piso, rehuyendo meterse de nuevo en su habitación. Temía que se le cayeran las paredes encima. Consideró las alternativas, que no eran muchas: ver de nuevo la tele, leer algo o jugar solo. Lo de la tele mejor no, porque si aún estaban dando la peli de guerra a su madre le podría dar algo. Pasó de la curiosidad por saber si habían tomado aquella colina y se imaginó a sí mismo leyendo. Le gustaba hacerlo, devoraba libros con asiduidad, pero en domingo por la tarde...

Quedaba jugar solo.

—Hay que tomar esa colina –se dijo a sí mismo en voz alta.

Cambió la voz y se respondió:

—Va a ser duro, señor. Caerán el 85% de los hombres.

Volvió a intervenir el general:

—No importa. Morirán con honor, con el orgullo de haber servido a la patria. Serán héroes inmortales.

Entonces se echó al suelo.

Ahora era el soldado Luis Enrique. Sus compañeros habían caído en el asalto a la colina. Todo estaba lleno de cadáveres. Solo quedaba él. Las ametralladoras enemigas batían el suelo con mortífera precisión. Moverse era un suicidio, retroceder el deshonor.

—Malditos... –rezongó por lo bajo.

Estudió su situación. A la derecha tenía un hueco-habitación altamente familiar, porque era su propia trinchera-reducto. A la izquierda un sinfín de peligros potenciales porque cada puerta podía ser un bunker del enemigo. Por delante un pasadizo-pasillo que tal vez se convirtiese en una trampa mortal.

Se arriesgó a gatear por él.

Llevaba un cuchillo entre los dientes, dos pistolas al cinto, un rifle de repetición en las manos y el pecho cruzado por un varias cananas con balas y granadas de mano. Se arrastró despacio, con los cinco sentidos puestos en estado de máxima alerta, y cuando alcanzó la posición de la primera batería-despacho asomó la cabeza a ras de suelo para comprobar el número de enemigos.

Su padre repasaba su colección de sellos, paciente.

Un solo enemigo.

Luis Enrique apuntó despacio, justo entre los ojos.

No hizo el menor ruido. Aunque no era normal en la guerra, su rifle de repetición llevaba silenciador. En lugar de «¡Bang!» hizo:

—¡Push!

El soldado enemigo cayó al suelo y él continuó gateando. Quedaban otros. Toda la colina estaba llena de trampas, minas...

¡Minas!

Desactivó tres en los siguientes metros y por fin logró superar la nueva posición. El reducto final de los terroristas tenía que estar en la escarpada-cuarto de baño.

Tomó una granada de mano.

Le arrancó el seguro con los dientes y contó hasta tres.

Luego la lanzó.

¡Bum!

Todo era humo, destrucción, gritos. Pero habían quedado supervivientes. Las balas lo buscaban. Tenía que echar el resto. Sí, terroristas a él. Le darían una medalla.

Se puso en pie y empezó a disparar.

A disparar y a correr, sorteando los tiros del enemigo.

No veía nada, el humo lo cegaba, podía caer en cualquier momento y, en ese caso, todo se habría perdido. Pero era un héroe, y los héroes no retroceden. ¿El 85% de bajas? ¡Todos estaban muertos! ¡Todos menos él!

—¡Ah, malditos, vengaré a mis compañeros!

Disparó mientras corría. No se dejó engañar por el silencio. En realidad, el estruendo de las detonaciones era ensordecedor. Mató a dos terroristas que trataron de tenderle una emboscada, y a un tercero que quiso suicidarse echándosele encima. Caería sobre el resto a sangre y fuego. La adrenalina...

No esperaba encontrar a nadie por allí.

Y menos a un terrorista-madre.

Chocó con ella tan fuertemente que casi la derribó. Las camisas que llevaba sí cayeron por el suelo.

—¡Luis Enrique, ya está bien, por Dios!

Él no lo esperaba. Ella ni siquiera se dio cuenta de su gesto.

La bofetada estalló en el rostro del niño igual que un golpe sobre una cinta metálica.

Desapareció la guerra.

La colina.

El soldado Luis Enrique.

Los dos se quedaron mirando un segundo, hasta

que el estupor de ella se sumó al súbito y repentino dolor de él, que fue el primero en reaccionar, corriendo, asustado, sintiendo el escozor de las lágrimas que no llegó a verter por rabia, para refugiarse en su habitación.

# 6

*El día que mi hermano se marchó a la guerra mi madre pegó a Luis Enrique por primera vez.*

*En alguna ocasión le había dado un azote en el culo, un capón, o le había zarandeado víctima de los nervios cuando se pasaba, pero pegarle... no.*

*Nunca nos había pegado.*

*Ni a Marcos, ni a Leticia, ni a mí.*

*Y todos sabemos la diferencia.*

*Ese día fue patente.*

*Más tarde supe lo sucedido, y que le dio en la cara, con la mano abierta, con fuerza, con rabia. Con ganas de que le doliera.*

*Luis Enrique me contó que lo peor ni siquiera había sido el golpe o sus efectos. Me dijo que lo peor habían sido sus ojos.*

*De pronto, mamá no era mamá.*

*Mi hermano pequeño no lloró. Sintió el daño, muy adentro, pero no lloró.*

*Creo que ese fue el primer disparo de la guerra.*

*Un disparo muy amargo y duro.*

¿Quién dijo «Hay una guerra ahí afuera, pero primero debemos encontrar la paz aquí adentro»?

En estos meses, siempre que he escrito algo, y lo he hecho muy a menudo porque entiendo cada vez más que es lo que me gustaría hacer el resto de mi vida, he reflexionado sobre mis sentimientos. Ya no son los mismos, o tal vez sí, pero tamizados por la realidad. Tengo todavía mis ideas, pero las veo de forma distinta. Me mantiene la utopía, pero cara a cara con la verdad. Sin embargo, sin una esperanza, sin una quimera dedicada a esa utopía, ¿qué nos queda? Los sueños han de mantenernos. Los sueños son cuanto nos posee a los quince, los dieciocho o los veinte años. Ya habrá tiempo para el despertar. Sin sueños no somos más que víctimas de primera línea, los inocentes que caen antes de preguntar qué está pasando.

¿Y cómo justificar qué soy, quién soy...?

Aborrezco la guerra. No es justa. Es el triunfo de nuestra debilidad. La razón de que todavía seamos bestias abocadas a la destrucción final, de nuestra casa la Tierra, de nuestra esencia humana, de todo lo que merece la pena ser respetado, amado y vivido. Aborrezco el lado oscuro de los seres humanos. Si nos invadieran los extraterrestres, yo les pediría asilo político. No me gusta compartir la belleza del mundo y el amor de tantas personas con los líderes que nos empujan al odio, protegidos en sus palacios de cristal, jugando con los sentimientos de los demás mientras aseguran «salvarnos» del mal porque nos creen ignorantes y simples. Aborrezco que se utilice a los ejércitos para atacar a inocentes, y porque las armas se fabrican para ser probadas, no para disuadir a los supuestos enemigos inventados o reales. Aborrezco las banderas. No son más que telas de colores por las que *no vale la pena morir, sino arroparse con ellas, todos juntos, en busca de calor y de cobijo. Y lo mismo pienso de cantarles o jurarles fidelidad cada mañana, como un robot, sin derecho a pensar, para sentirme fuerte y seguro en mi superioridad desde la niñez a partir de la cual nos manipulan. Aborrezco las naciones. Se construyen sobre la sangre de millones de personas, y se defienden con la sangre de otros muchos millones a lo largo de sus historias. Si hay naciones, hay fronteras, y con ellas todas las distancias, las diferencias, los odios, los recelos, barreras que separan riquezas y pobrezas. Aborrezco los totalitarismos, los orgullos patrios, las clases de mundo que tratan de imponernos al hablar del «primero» o del «tercero», porque no hay un «primer mundo», ni un «tercer mundo», sino un «nosotros», «todos nosotros», seres humanos. Aborrezco las religiones, el totalitarismo excluyente de «nuestro» Dios frente a «su» Dios, la creencia de que somos mejores porque nuestra fe es más fuerte o la de creer que venceremos porque ese Dios está de nuestro lado y su espada se abatirá sobre los contrarios con implacable justicia. Por lo mismo, aborrezco orarle a un Dios para pedirle la muerte de mi enemigo, al que no conozco, impuesta por un líder al que temo. Aborrezco los separatismos ciegos y minúsculos, tanto como los separatismos excluyentes que dominan sin respeto a esas minorías. Y aborrezco la violencia, cualquier violencia, la del niño mayor frente al niño pequeño en la escuela, la del fanático de fútbol frente al rival en el estadio, la del racismo en las calles, la de los que son incapaces de creer que nacer aquí o allá y con una u otra piel es tan solo una cuestión del destino, la de los energúmenos sin cultura que por cada libro que no han leído le pegan una bofetada a su mujer, la de la falta de respeto por las ideas ajenas...*

*Tantas cosas que aborrezco.*

*Y aún así, nunca serán tantas como el amor que siento por la vida.*

*Saber, creer, esperar...*

*Sobre todo esperar, y luchar en paz por ese mundo mejor.*

*Aunque fracasemos, como fracasa cada generación mientras tiende un puente de esperanza para la siguiente.*

*Qué extraña cadena.*

*Puede que, en el fondo, todo se deba a que estoy enamorado, y que eso empezó entonces, junto con mi «primera novela».*

*El día de la última cena.*

*Estoy llorando.*

*Marcos, ¿puedes oírme?*

Leticia pensó lo peor: que el final de la película que habían visto coincidiría con el final de la que se proyectaba en la sala contigua, y que, encima, se encontraría con Pablo y a Silvia.

Suficiente para querer desaparecer.

Tuvo suerte. Salieron de las primeras por la salida de emergencia situada bajo la pantalla y desembocaron en solitario en el pasillo que vaciaba las salas del multicine. No había nadie más, solo los espectadores, la mayoría chicos y chicas de su sala.

Por si acaso, aceleró la marcha.

—¡Eh, qué prisas! –protestó Marta.

—Se me hace tarde –mintió.

Subieron las escaleras que conducían al exterior y se encontraron a un lado de la placita dominada por el centro lúdico. Las colas eran ahora más largas, y el número de taquillas también. Los adolescentes ya no reinaban por mayoría, rivalizaban con las parejitas que se arrullaban y hablaban en voz baja. Muchos y muchas tenían el móvil en la mano, manipulándolo febrilmente para escribir mensajes o leyendo los recibidos. Algunos también hablaban por ellos.

Leticia se sintió desgraciada.

Pablo con Silvia. Era la única de sus amigas que no poseía móvil. Y tenía que irse a casa para la cena de despedida de Marcos.

—Ha estado genial, ¿no? –comentó Carolina.

—Tope –la secundó Marta.

África observó a Leticia.

No se había reído ni una sola vez. Le había parecido una película estúpida, vacía, fácil, imposible, y ciento por ciento americana. Nada de todo aquello se correspondía con su realidad.

Aunque sabía que la culpa no era de la película, sino de Pablo.

Silvia no era idiota. Con un año más tenía todo el poder del mundo. Sus ojos, sus labios, su cuerpo, su pelo, su libertad...

No podía competir contra eso.

—¿Te vas ya, en serio? –Carolina hizo un gesto de desánimo.

—He de despedir al héroe.

—Dile que estaremos con él –pidió Marta–. Moralmente.

—¡A por ellos, que son pocos y cobardes! –Carolina levantó su puño derecho–. ¡Uh, uh, uh!

—¿Quieres dejar de hacer la burra? –se lo reprochó África.

—¡Ay, tía!

—¿Cómo quedamos para el miércoles? –preguntó Marta.

—No sé, nos llamamos, ¿no?

—Tengo unas ganas de verlo...

Leticia miraba las puertas del corredor de salida de las salas. Volvían a salir espectadores.

—Yo es que solo de pensar que voy a tenerle delante...

Marta y Carolina pusieron cara de éxtasis. África siguió la dirección de la mirada de su amiga.

—¡Eh, Leti! –inquirió Marta dándole un golpe en el brazo.

—¿Qué?

—El miércoles.

—Sí, vale.

—Tía, qué entusiasmo –se extrañó Carolina–. Pensaba que éramos sus mayores fans.

—Seremos veinte mil, y habrá bofetadas para acercarse –dijo ella sin ocultar su frustración y su fastidio–. Eso si los guardaespaldas no empiezan a apartarnos a lo bestia, como el año pasado con Stan Standy.

—¡No seas agorera!

—¿Tú eras la que estaba decidida a darle un beso aunque tuvieran que despegarte a palos?

Marta y Carolina le mostraron su horror.

—Estaremos allí, que es lo que cuenta –contemporizó África.

—A mí el disco me lo firma –asintió Carolina.

—Y a mí.

Leticia no esperó más. Los espectadores de las restantes salas salían ya en tropel.

—Mañana os llamo, ¿vale?

—Ánimo, que no va pasar nada –la despidió África.

—Díselo a mi madre.

—Dale un achuchón a Marcos de parte de todas.

—Chao.

Las dejó en la placita, todavía con tiempo, libres, sin un hermano que se fuera al día siguiente a una guerra por estallar.


Encarna pareció quemar sus últimas fuerzas cuando entró en el despacho de Rodrigo y se dejó caer en la butaca frente a la mesa donde él estudiaba su colección. Su cuerpo se desplomó como un pesado fardo y quedó allí, hundido, bañado de refilón por la luz de la lamparita que proyectaba su chorro puntual sobre el objeto de la atención de su marido. Salvo los sellos, el resto del despacho mostraba una penumbra solemne, grisácea y triste, porque el lugar empezaba a ser tan viejo como ellos.

Rodrigo se extrañó de la presencia de su mujer. Más que de ella, de que se sentara en la butaca.

Nunca lo hacía.

—¿Y Luis Enrique? –rompió el silencio.

—En su cuarto, de morros.

—Le has dado una bofetada, ¿verdad?

—No he podido más –Encarna se llevó una mano a la cara.

—Quizá iba siendo hora –dijo él–. Una a tiempo a veces es decisiva.

Se miraron a los ojos y entre ambos apareció la invisible figura de Gabriel.

No dijeron nada. Rodrigo cogió un sello con las pinzas y lo introdujo en el lugar que le correspondía. Encarna se mordió el labio inferior en una larga e interminable serie de segundos que se instalaron en los restos de su ansiedad, despedazándosela.

Tuvo un acceso de pánico.

Había ido a decírselo, armada de valor, pero una vez delante de él...

¿Cuándo empezó a sentir aquello?

—Rodrigo, tengo miedo.

Su marido emitió un quedo suspiro.

—No seas tonta, mujer.

—Se lo llevan muy lejos.

—Tiene veinte años.

—Diecinueve.

—Le faltan tres semanas para los veinte. Y no importa la edad del DNI. Importa la de aquí –se tocó la frente–. Sabe lo que se hace.

—Hace cuatro días yo le daba el pecho, y hace dos os ibais al fútbol juntos. No es más que un crío al que han enseñado a jugar a la guerra y al que van a dar una escopeta.

—Encarna, ¿vas a estar dándole vueltas a eso hasta que regrese?

—¿Quieres que me ponga a cantar?

—Te lo he dicho mil veces: no habrá guerra. Cuando esos malditos vean lo que se les viene encima, se cagarán en los pantalones. Y en cuanto los gobiernos de esos países reaccionen, ya se encargarán de hacer limpieza y sacarse de encima a sus terroristas.

—¿Y si no es así? ¿Y si se sienten heridos por el chantaje.

—Entonces, y aunque estallase el conflicto, se los pasarán por la piedra en un abrir y cerrar de ojos. Ya se encargarán los americanos. Son soldados entrenados contra una pandilla de locos con cuatro tanques averiados. Marcos no tendrá tiempo de hacer nada. Lo importante es que este allí.

—¿Importante para quien? –frunció el ceño Encarna.

—Para sí mismo, para todos nosotros y su país...

Lo único importante es que tenga una vida feliz, Rodrigo. Que esté con nosotros, que se case, que forme una familia y sea un hombre de provecho. A nadie le va importar lo que le suceda, solo a nosotros ¿Crees que algún día le servirá de algo haber tomado parte en una guerra de la que puede regresar traumatizado, o herido?

—No hables así.

—Respóndeme.

—Sabrá que hizo lo justo, lo que se esperaba de el, defendiendo unos valores y unos principios.

—Por favor, no me vendas la moto –masculló ella con desprecio.

—¿La moto? –Rodrigo se sorprendió por las palabras de su mujer–. Ahí afuera hay un montón de gente que no respeta las reglas, gobiernos corruptos, totalitarios, sanguinarios. Si no imponemos el orden, nuestras creencias, si no defendemos nuestro mundo y nuestro modo de vida...

—Has dicho imponer.

—¿Qué?

—Has dicho «si no imponemos».

—¡He dicho narices! ¡Ya basta! –el acceso de furia hizo que Encarna se sobresaltara–. ¡Conseguirás que se vaya preocupado! ¡No es un crío, hace mucho que no lo es, pero hoy menos que nunca!

Su mujer movió la cabeza horizontalmente. Se llevó una mano a la frente y la presionó. Ella mantuvo la calma pese a que su tono y sus palabras le demostraron lo harta que estaba.

—Tú y tus ideas –musitó.

—¿Mis ideas?

—Siempre hay un enemigo. Siempre. Aquí, en casa, en la calle, en todas partes, en cualquiera que no piense igual que tú. Rodrigo, es tu guerra.

—¿Así que ahora resulta que es malo tener convicciones?

—Lo es aferrarse a ellas sin escuchar nada más ni querer dialogar, sin reconocer la diversidad, que todo el mundo tiene derecho a la vida, a exponer sus creencias y a vivir de acuerdo con ellas, sin imponérselas a los demás.

—Los terroristas...

—Los terroristas son unos locos, sí, y fanáticos, ¿pero cuánta gente inocente ha de morir para que caigan ellos? ¿Cuántos «daños colaterales» han de producirse? Siempre habrá uno nuevo. No se pueden matar hormigas a cañonazos.

—Es increíble –resopló Rodrigo–. Es la primera vez que te oigo hablar de política.

—Yo no hablo de política. Hablo de vivir y dejar vivir. Y tampoco me has preguntado jamás, ni me habrías escuchado.

Se enfrentó a sus ojos.

Rodrigo supo que nunca, nunca, los había visto de aquella forma.

Tan directa, dura, emocional.

Fue el momento en que Encarna se lo dijo:

—Rodrigo, si le pasa algo a Marcos...

—¿Qué?

Sus palabras fueron tan frías como ardientes sonaron en sus labios.

—No te lo perdonaré, ¿sabes? No te lo perdonaré.


Marcos ni siquiera sabía dónde estaba.

Se detuvo en un cruce y levantó la cabeza, tratando de orientarse, buscando una reacción en los recovecos de su desánimo. Tardó en reconocer las calles. Lo otro fue imposible.

Una reacción.

¿Cómo?

De repente se sentía más solo de lo que nunca recordaba.

¿Cuánto llevaba caminando, corriendo por dentro

y gritando en silencio? ¿Cuánto desde que Noelia le había soltado de la mano?

Parecía una eternidad.

Miró el reloj y se sintió abrumado.

Tenía que regresar a casa, y no quería. Tenía que fingir que todo iba bien, mentir, para no preocupar más a su madre, sonreír con valor y mostrarse distendido.

—¿Y Noelia?

—Oh, bien, muy bien.

—Es una chica estupenda.

—Sí, sí lo es.

—Has tenido suerte, hijo.

—Mucha.

—Te escribirá, te dará fuerzas, y tú le escribirás a ella. Tendrás alguien por quien volver, además de nosotros.

Alguien por quien volver.

Marcos empezaba a descubrir cuánto la necesitaba, y lo vulnerable que se sentía desde que la había perdido.

Perdido.

Vio pasar a un grupo de chicos y chicas. Formaban parejas, dos a dos. Iban cogidos de la mano, por la cintura o con él o ella pasando un brazo por encima de los hombros de su pareja. Disfrutaban de su domingo. Y al día siguiente disfrutarían de su lunes. Y al otro de su martes. Se verían, o se llamarían por teléfono, despreocupados, felices. Ellos se quedaban. La vida seguía. Un puñado de los que no eran como ellos, de «los otros», con un uniforme, estaría en algún lugar desconocido enfrentándose a su destino.

¿Cuántas Noelias iban a quedar en tierra?

Los chicos y chicas se alejaron.

Y Marcos los odió.

De pronto no quería marcharse.

Quería quedarse, decirle a Noelia que todo había sido una pesadilla, que...

Ya no era el mismo.

Sin amor era como si le hubiesen arrancado todas sus convicciones de raíz.

—Estaba herida –se dijo en voz alta–. No puede hablar en serio. Me quiere. ¡Me quiere! Cuando reciba mi primera carta sabrá que... Y me esperará, sí, seguro. El día de mi regreso correrá hacia mí, me abrazará, me besará, volveremos a estar juntos...

Perderlo todo era igual que estar muerto.

—Has tenido un ataque de pánico, ¿verdad, cariño? No hablabas en serio, porque estamos unidos, atados. Ya nada puede separarnos. Mañana te llamaré por teléfono...

Noelia era consecuente, racional en sus decisiones. Fría.

Sucediera lo que sucediera, ahora era el fin.

Marcos se detuvo una vez más.

Tenía que regresar a casa.

No quería irse al día siguiente, no quería volver a casa, no quería hacer otra cosa que no fuera abrazarse a Noelia, igual que el náufrago a la tabla salvadora en mitad del mar. Pero Noelia ya no estaba, le esperaban en casa y al día siguiente...

Todo el horror que sentía se hizo angustia.

Y algo se le quebró por dentro.

Un reloj que dejaba de funcionar gritándole que ya no quedaba tiempo.


El reloj parecía correr más aprisa que otras veces, así que Gabriel se rindió a la evidencia.

—He de irme.

—Ya lo sé –convino Lidia.

—¿Te dejo en tu casa?

—¿Y por qué no puedo dejarte yo en la tuya?

—Perdona.

—Anda, vamos –le dio un codazo amistoso.

Podían ir a pie. No estaban lejos. La intensidad de sus pasos no fue distinta a la de un minuto antes. Lo que menos deseaba era regresar a su casa.

Caminaron casi un minuto en silencio.

—Hijo, ni que fueras al matadero –comentó de pronto Lidia.

—Al matadero no, pero a la Última Cena...

—¡Ay, calla! –la chica se estremeció–. Suena fatal.

—Es la Última Cena, ¿qué quieres que te diga?

—Es la despedida de tu hermano.

—No, es la partida del héroe.

Lidia lo cogió de la mano. Se la presionó y luego acomodó sus dedos con los de él. Fue algo natural, amistoso, pero también cargado de sugerencias. A través del contacto, Gabriel recibió la vida que respiraba.

—No te cae bien tu hermano, ¿verdad? –dijo entonces Lidia.

—Psé –se encogió de hombros.

—Eso no es una respuesta. No te cae bien.

—Encarna todo lo que yo más desprecio: la sumisión, las ideas de otro tiempo... Es igual que mi padre.

—Si cree en lo que hace y está seguro de ello, es que tiene sus razones.

—¡Solo tiene dos años más que yo y parece...!

—Me dijiste que era una buena persona, que quiere ayudar, qué realmente se metió en el Ejército por la paz, no porque se crea un Rambo.

—De acuerdo, pero podría haberse ido con una ONG. No sé por qué quiere estar en el ejército y llevar un arma. Y más hoy en día, sin servicios militares obligatorios y todo ese rollo de antes.

—¿Siempre fue así?

—No lo recuerdo. Pero al ser el mayor... Mi padre desplegó con él todo su arsenal ideológico. Yo ya crecí diferente.

—Seguro que Marcos te quiere.

—Siempre me defiende.

—¿Lo ves?

—Vale, ¿y qué? Yo también lo defendería a él si tuviera que hacerlo, pero como es Don Perfecto...

Lidia le presionó la mano al preguntar con toda intención:

—¿Celoso?

—¡No!

—¡Huy, huy!

—¡Es por mi padre! ¡No hay color! Luis Enrique es un crío por modelar, Leti está sanamente loca; Marcos es el ideal, estudioso, responsable, centrado; y yo soy el que rompe los moldes y altera las reglas.

—La oveja negra.

—Del todo.

—Pues yo pienso que eres demasiado severo contigo mismo y con los demás.

—Vaya, gracias.

—Te digo la verdad, ¿o quieres que pase?

No, no quería que pasase. De alguna forma, al hablar como le hablaba, lo que le demostraba era su implicación.

Ahora fue él quien le presionó la mano a ella.

Y Lidia le devolvió el gesto.

—Yo no tengo hermanos –le recordó–. Y me gustaría mucho tenerlos. Me he sentido sola tantas veces que... No sé, a lo mejor me habría peleado con ellos, como hacen la mayoría, sabría que siempre podríamos contar los unos con los otros. Ahora es normal que haya rivalidades, la hermana que se siente menos guapa, el hermano que no es tan brillante, pero después... Tú tienes suerte: dos hermanos y una hermana. Me parece genial.

—No digo que no lo sea, pero con un padre como el mío...

—¿Tan duro es?

—Sí –reconoció–. Pertenece a otro tiempo.

—Y te da rabia.

—Supongo que es la palabra.

—A nadie le gusta que lo desprecien.

—Supongo que yo tampoco se lo pongo fácil.

—Pero son los padres los que tienen que adaptarse a los hijos y a sus ideas, no al revés. El futuro es de los hijos.

Era un ángel, pero de ideas firmes y convicciones poderosas. La tarde anterior, en la manifestación, habían hecho algo más que caminar juntos por la misma senda.

Y ahora sus manos.

No quería hacerlo al llegar a las inmediaciones de su calle, y aún menos en ella, así que aprovechó el momento en que se detuvieron frente al escaparate de una tienda.

Se puso delante, subió la mano que tenía libre, le acarició la mejilla y la miró a los ojos.

No hizo falta más.

Los dos se acercaron, de mutuo acuerdo, entreabriendo los labios, hasta que el beso les apartó de la realidad y del mundo.

En mitad de aquella suave intensidad, Gabriel supo que era algo más que un beso.

Una promesa.


Leticia llegó a su casa y entró sin hacer mucho ruido. Dio lo mismo. Su madre asomó la cabeza demostrando estar siempre en guardia.

—Ah, ¿ya estás aquí?

Era la clásica pregunta-observación que Leticia aborrecía. Las frases típicas por lo obvio, del tipo «¿Ya has llegado?» o la que acababa de decirle ella. ¿No estaba en casa? ¡Pues claro que ya estaba allí! ¡Pues claro que ya había llegado! Desde luego no se encontraba de camino.

—Hola, mamá.

—¿Has ido al cine?

—Sí.

—¿Qué has visto?

—Una gilip... una estupidez –se encogió de hombros.

Llegó a su habitación. No le dio opción a más preguntas. Entró y cerró la puerta. Su madre, de todas formas, trató de decir la última:

—Recuerda que cenamos pronto.

No le contestó. Se quitó la cazadora y la arrojó sobre la cama, de cualquier forma. Ella se quedó de pie, sin saber muy bien qué hacer. Si salía para ir al lavabo, volvería a encontrarse con su madre. Pero si se quedaba encerrada allí...

Se movió como una fiera enjaulada.

Hasta que se quedó de cara al póster gigante de Carlos Caro.

Lo amaba y lo deseaba de tal forma que le dolía.

Pero también le dolía haber visto a Pablo con Silvia.

—Ni siquiera sabes que existo –le dijo al póster.

Carlos Caro mantuvo su eterna pose y su eterna sonrisa impresa en papel.

—Seguro que para ti todas somos iguales.

A veces creía que cantaba para ella, que tal o cual canción la había compuesto y escrito pensando en ella. Todo encajaba, como un guante perfecto. Carlos sabía cómo se sentía, cómo pensaba, qué le pasaba. ¡Lo sabía! ¡Era como estar dentro de su cabeza y su corazón! De ese asombro surgía la simbiosis, la reciprocidad. De acuerdo, ese disco tenía un millón de fans, y veinte o treinta mil gritaban, lloraban y se desmayaban en cada uno de los conciertos, pero para ellas todo era personal. Cada canción era «su» canción.

—Déjame que te dé un beso el miércoles.

¿Y después qué? ¿Podía morirse a gusto?

Sin dejar de mirar el póster, con los brazos cruzados, evocó a Pablo.

Creía en él.

A pesar de Silvia.

—Pablo es real, ¿sabes? Después de ti es lo que más quiero.

Se dio cuenta de lo que acababa de decir y reflexionó.

Se sentía encendida, presa de un excitación desconocida.

—Bueno, creo –musitó.

Se quitó la camiseta y la echó también sobre la cama. Hizo lo mismo con los vaqueros. Se quedó con las braguitas y sujetador.

Quería ponerse cómoda, y permaneció inmóvil en el centro de su habitación.

Se desnudó.

Miró a Carlos Caro con desafío.

—Te quiero –le dijo.

Pero pensaba en Pablo.

Eso la hizo sentir una repentina vergüenza, un súbito ataque de pudor, desconocido. Cada día se desnudaba y se vestía allí, delante del póster de Carlos Caro.

Pero era la primera vez que realmente se quedaba desnuda frente a él.

Supo ver la diferencia.

Le dio la espalda, fue a su armario, se puso una camiseta y una falda, para estar cómoda. Ya no volvió a mirar a su ídolo. Se fue a la ventana, la abrió y se asomó a la calle.

Al día siguiente vería a Pablo, como cada día de colegio.

Y hablarían.

¿De qué?

¿Le diría lo del cine, lo de Silvia?

¿Su cara tendría una expresión diferente?

—Mierda –suspiró.

Siguió en la ventana, de espaldas a Carlos Caro, enfadada consigo misma y con el mundo. Si eso era la maldita adolescencia...

Y de lo que menos tenía ganas era de cenar.

Despidiendo a Marcos, solemnes, en plan crepuscular, con las lágrimas de su madre y el discurso que acabaría soltando su padre.

Después de todo, cada cual tenía su guerra.

Casi siempre dentro.


Encarna no llamó a la puerta. Se limitó a abrirla ligeramente, para atisbar por el hueco. Una vez comprobado que Luis Enrique estaba tumbado en cama, sin zapatos, leyendo un libro, se atrevió a meter la cabeza y preguntar:

—¿Puedo pasar?

—Sí.

Aunque hubiese llevado los zapatos puestos, y hubiese tenido los pies encima de la colcha, por una vez no le habría dicho nada. Se trataba de otra cosa.

Encarna se acercó a la cama. Luis Enrique siguió leyendo sin prestarle atención. Su madre solía entrar con ropa para guardarla en el armario. Cada día tenía calcetines y calzoncillos limpios.

—¡Es que te la pones y solo con que te dé el aire ya la ensucias, hijo! —solía lamentar.

Pero su madre, esta vez, no llevaba ropa.

Se sentó en la cama, a su lado.

Luis Enrique fingió seguir leyendo el libro.

Encarna lo miró. Antes le había dicho a Rodrigo que no hacía ni cuatro días le daba el pecho a Marcos. Pues bien, en el caso de su hijo pequeño la fecha aún parecía más cercana. Ayer mismo. Y ya estaba dando el penúltimo estirón, como sus hermanos. No se daría cuenta y él también sería un hombre.

Era aterrador.

La imposibilidad de mesurar el tiempo, de alargar los buenos momentos, de retener las alegrías. Cada uno de ellos caminaba... no, mejor decir que corría, en una dirección.

Se le escapaban.

Encarna alargó la mano y peinó el rebelde flequillo de su hijo.

Un gesto inútil.

—Siento lo de antes —suspiró.

—Vale.

—De verdad.

—Ya lo sé.

Le pasó la mano por la cabeza. Luis Enrique no apartó los ojos del libro.

—Estos días son difíciles, ¿sabes?

—No le pasará nada, ya verás.

—Eso espero –exhaló sin apenas voz.

—Les darán chalecos antibalas y esas cosas.

Forzó una sonrisa. La dimensión de la realidad variaba con la edad, y era consciente de ello. Para Luis Enrique todo era una aventura. ¿Quién dijo que la vida era un misterio por descubrir y no un problema por resolver? Alguien optimista, sin duda alguna. Alguien que creía en muchas más cosas de las que creía ella.

Su vida ya no era un misterio. No tenía el menor secreto.

Y a través de sus hijos, de los cuatro, lo único que veía eran problemas.

—Prométeme que tú nunca te irás a una guerra.

—Te lo prometo.

—Mira que soy capaz de ir a buscarte, ¿eh?

Por primera vez Luis Enrique apartó sus ojos del libro.

—Ya, ya –aseveró convencido.

Encarna rozó la mejilla de la bofetada con la yema de sus dedos. Aún en la tenue claridad de la habitación, se le antojó que la tenía más roja.

—¿Te duele?

—No.

—A veces eres imposible. Aunque sé que todo un domingo en casa...

El niño plegó los labios. Fue como si dijera que lo sentía.

Encarna se inclinó sobre él, le dio un beso, y luego reposó su cabeza en la almohada, de cara a su hijo.

—Estamos todos locos —reflexionó.

—Para eso están los americanos, tranquila. A ellos les va la marcha.

Eso la hizo sonreír.

—No sé de dónde sacas esas expresiones.

—Mamá, todo el mundo habla así.

—Entonces es que me he quedado atrás —reconoció.

Muy atrás, en el tiempo, en la vida.

Volvió a besarle en la mejilla, le revolvió el pelo, pasó de su flequillo.

—Léeme algo de ese libro, venga. Como cuando eras pequeño.

—¿Qué quieres que te lea?

—Me da igual, lo que sea. Es para saber de qué va y escuchar tu voz, nada más. Venga.

**7**

*El día que mi hermano se marchó a la guerra hubo un momento en el que pareció que todo se calmaba.*

*Fue antes de cenar.*

*La calma previa a la tormenta.*

*Queríamos que la cosa terminara en paz. Incluso yo, con mis furias, mis arrebatos, mis necesidades de gritar la verdad.*

*Me sentía tan feliz por lo de Lidia...*

*Supongo que cuando el amor entra en tu vida, arrasa con todo. Se te pone la mente del revés, el corazón se dispara, la sangre se acelera, te sientes vivo, fuerte, capaz de comerte el mundo. Es una fragilidad y al mismo tiempo la mayor de las fortalezas. Antes estás tú, solo, individual, egoísta, desafiante frente a ese mundo al que ves como rival, un camino de espinas dispuesto a atraparte y destrozarte. Y al aparecer el amor... ya nada es igual. Ya no estás solo, dejas la individualidad para aprender a vivir con la palabra «dúo», el «nosotros» antes que el «yo». De pronto el mundo no es más que una alfombra por la que deseas* transitar rumbo al futuro. Los rostros esquivos y opacos de antes ahora te das cuenta de que sonríen. Una corriente de bondad te empuja.

El amor es increíble.

Traicionero, porque nunca te avisa, pero increíble.

Quizá por eso, cuando supe lo de Marcos y Noelia días después, entendí mejor algunas cosas.

¿Cómo me habría sentido yo si Lidia me hubiese dejado por ser fiel a mis principios, buenos o equivocados?

Lidia, mi ángel...

La tarde anterior, en la manifestación, cuando nos miramos y supimos que estábamos vivos, no solo por tomar parte en ella sino por nosotros mismos, dejamos por unos instantes de sentirnos rodeados por miles de personas. Fue un efecto mágico. Aquellos segundos de pasmo, nuestros ojos alucinados por la sorpresa, nuestros labios entreabiertos a la espera de la lluvia dorada del beso...

Nos acercamos, los unimos, cerramos los ojos, y el mundo se hizo silencio.

Un eterno silencio que jamás sabremos cuánto duró.

Luego, al separarnos el primer centímetro y abrir los ojos, al mirarnos, al comprender la simple verdad, al echarnos a reír...

A nuestro alrededor miles de personas cantaban y bailaban, pero nuestros corazones, de pronto...

Mientras regresaba a casa pensaba en ello.

Por toda esa felicidad, se me antojaba mas absurdo que mi hermano se marchara al día siguiente, embutido en su uniforme, armado hasta los dientes, para ir a justificar los odios y los recelos de media humanidad hacia una tierra desconocida de la que lo ignorábamos todo.

¿Cuántas mentiras se necesitan para matar a un ser humano?

¿Y cuántas para camuflarlas como una verdad?

Pocos días después del 11 de septiembre de 2001, el presidente de los Estados Unidos formuló una pregunta ante su pueblo a través del Congreso. Dijo con todo el dolor de su corazón y la incomprensión dibujada en su rostro: «¿Por qué nos odian?».

Yo estaba en un bar, tomándome un refresco con unos amigos. En la mesa contigua, de pronto, vi a un hombre que se crispaba herido por una descarga furiosa. Y le vi apretar los puños, llorar y rebelarse. Se levantó, se encaró frente al televisor y gritó con sus desnudas manos abiertas: «¿Por qué os odian? ¡Guatemala, Chile, El Salvador, Nicaragua, Colombia, Palestina...!».

Aquel día supe lo mucho que ignoraba, lo vacía que estaba mi mente de realidades concretas y lo simple que era mi vida. Aquel día nació en mí el compromiso. Y supe que el terrorismo no consiste solo en poner bombas. Fue el día en que cambié, en que tomé conciencia de las cosas, el día en el que me formé, casi de golpe, como ser humano.

Guatemala: más de 200.000 indígenas muertos en 40 años de guerra civil debido a que Estados Unidos había financiado el derrocamiento del Gobierno legítimo para instalar a líderes títere con los que manejar mejor sus intereses. Chile: un presidente paranoico, Richard Nixon, ayudado por su ave de presa, Henry Kissinger, había financiado con 8 millones de dólares el golpe de Estado del general Pinochet, y todo porque

*Estados Unidos no podía tolerar un gobierno de izquierdas elegido democráticamente en un país Latinoamericano. Colombia...*

*La lista era muy larga.*

*Incluso España había perdido Cuba a fines del siglo XIX porque los estadounidenses hundieron un barco y fingieron que los culpables habían sido los españoles.*

*«¿Por qué nos odian?»*

*Después vendrían Afganistán, Irak...*

*Aquel día comencé a saber que no hay buenos ni malos, sino intereses económicos y juegos de poder. Supe que un país vale lo que vale su tierra en petróleo o uranio, no por sus gentes. Supe por qué millones de muertos ajenos eran esa estadística simple mientras que un occidental caído era una tragedia. Supe que las armas las vendían los mismos que se sentaban en grandes mesas para hablar de la paz. Supe por qué se dejaba morir a la mitad de África a causa del sida mientras las industrias farmacéuticas se enriquecían. Supe por qué se contaminaba la atmósfera y quién lo hacía. Supe por qué los aliados de ayer eran los terroristas del presente utilizando las mismas armas que les dieron ellos. Supe tantas y tantas cosas, que a la postre me cambiaron, porque las pregunté en la escuela, leí y aprendí, decidido a que ya nada me fuera ajeno. Y todo por aquel hombre.*

*Él tenía respuestas.*

*Él no se calló frente al silencio impuesto por el televisor.*

*Nadie, en el bar, le rebatió la pregunta al desconcertado presidente que no entendía su terrorismo, pero sí el ajeno.*

*Solo hay una paz.*

*Una paz que nace del amor, no del terror de unos hacia otros.*

*Es extraordinario...*

*Todavía hoy se me ocurren tantas cosas al escribirlo, al recordarlo, al pensar en todo lo que sucedió aquel domingo.*

*Fuimos regresando a casa para la cena.*

Rodrigo se aseguró de estar solo.

Le extrañó que Encarna no estuviese deambulando de un lado para otro, en la cocina o en la sala, en el cuarto de la plancha u ordenando no sabía qué. Le extrañó menos escuchar la voz de Luis Enrique leyendo en voz alta al otro lado de la puerta de su habitación.

Con su madre.

Después de todo, parecía un día en el que cualquier cosa era posible.

Llenó los pulmones de aire y venció el abatimiento. No recordaba haberse sentido más marginado, perdido y solo en la vida.

No perdió el tiempo. Se apartó de la puerta de la habitación de Luis Enrique y se coló en la de Gabriel cuidando de que la hoja de madera no se cerrara de forma ruidosa. La acompañó despacio para estar seguro y la dejó en el marco, sujeta por el pestillo. Luego conectó la luz.

El ordenador estaba en la mesa en la que solía estudiar y trabajar el segundo de sus hijos. Sus movimientos empezaron a ser rápidos y precisos. Llegó hasta él, se sentó en la silla y lo puso en marcha. Se escuchó la cantinela musical, la nota que precedía a la apertura del sistema, y se preguntó si aquel sonido estridente era capaz de alertar a su mujer.

La pantalla se iluminó.

Después, segundo a segundo, fue poblándose de programas mientras se cargaba todo.

Una eternidad.

—Vamos, vamos.

Con el equipo dispuesto y operativo, fue al margen superior derecho con el cursor. En un rectángulo podía leerse el nombre de su hijo: Gabriel. Nada más. Lo pulsó dos veces y la pantalla se llenó con los documentos que contenía. Apenas eran dos docenas, incluido el Netscape para entrar en Internet, uno para manipular fotografías y el de la música, para grabar y reproducir compactos.

Los leyó uno por uno.

Su objetivo, de todas formas, era el más visible. Ocupaba el centro de la pantalla, de color azul intenso. Leyó su nombre:

—El síndrome Júpiter.

Llevó el cursor hasta el archivo y volvió a pulsar dos veces encima de él para abrirlo. Otros diez segundos de espera. Por fin en la pantalla apareció una gran ventana vertical, y en ella, la primera página de la historia o lo que fuera que estuviese escribiendo Gabriel.

Se repetía el título: El síndrome Júpiter.

Debajo, su nombre, aunque con una peculiaridad: «Gabriel S. Lorca».

—¿Qué demonios...? –farfulló Rodrigo.

¿Qué significaba Gabriel S. Lorca? ¿Por qué lo de la S y el punto? ¿No le gustaba Sanz? ¿Lo castigaba negándole el apellido?

No se rindió.

Hizo correr el texto hacia arriba, hasta situar la primera página de la historia en la pantalla. Sus ojos siguieron con inquieta atención las primeras líneas de aquello en lo que había estado trabajando su hijo.

Tuvo que desacelerarse, leer más despacio, casi en voz alta.


«Nunca olvidaré el día en que las máquinas tomaron el poder.

»Nadie pensó en ello, ni se preocupó de adoptar medidas. ¿Para qué? Simplemente... sucedió. Nadie creyó que fuese posible porque vivíamos seguros, confiados, dueños de un destino que ya no nos pertenecía. La especie humana dominaba el planeta desde el tiempo de los dinosaurios. Suya era la tecnología.

»Hasta que ellas dieron el último paso.

»El control.

»El poder, sí, siempre él.

»El poder y lo que engendra: la necesidad de ejercerlo.

»Las máquinas se hicieron indispensables, su lógica se impuso a tantos años de lucha en el seno de la humanidad, así que tomaron las primeras decisiones, marginaron a los humanos, y antes de que quisiéramos darnos cuenta ellas estaban allí, en la cúspide del Equilibrio, y nosotros abajo, casi en los márgenes de lo que cabía considerar como materia desechable. Bastó muy poco para el Orden Supremo cambiase.

»Fin del Último Imperio.

»Entonces llegó la guerra, la matanzas, el deseo

irracional del dominio, con las estrellas como última frontera y la...»

Rodrigo dejó de leer.

Tuvo deseos de echar el ordenador por la ventana.

Incluso le dolió el pecho.

¿Qué era aquello? ¿Qué se suponía que era aquello? ¿Un relato? ¿Una novela? ¿De qué? ¿De ciencia ficción? ¿De filosofía barata? El vértigo de su mente se le enredó entre los sargazos de su furia.

Otro Bernabé Sanz. Otro escritor humillante en la familia. Otra bala perdida. De eso a escribir relatos eróticos en publicaciones de tercera o novelitas estúpidas para consumo de necios, mediaba un único paso. Y Gabriel lo estaba dando.

—Dios, ¿qué he hecho yo para merecer esto? –gimió.

Tenía suficiente, pero no se movió de la silla. Pensó en abrir los restantes archivos, por curiosidad. Ya que estaba en ello... Era la primera vez que cometía una intromisión de aquel calibre. La primera vez que transgredía todas las normas y violaba la intimidad y la privacidad de sus hijos.

Pero era su deber hacerlo. Era necesario. Sentía esa obligación de padre.

Sin pensar en las consecuencias.

Reaccionó una fracción de segundo tarde al escuchar el ruido de la puerta del piso al abrirse. Pensó en Marcos. Pero también en Gabriel. Cuando las alarmas se dispararon y pasó a la acción, la iniciativa ya no era suya. Hubo unos pasos.

Fuera quien fuera, podía ir primero al baño, o a la cocina, o ser detenido por Encarna para someterse a las habituales preguntas que ella solía formular cuando alguien llegaba a casa.

No escuchó la voz de su mujer.

Ni ninguna otra puerta.

Cerró el archivo. Apagó el ordenador. Se levantó de la silla...

La puerta de la habitación se abrió en ese momento y por ella apareció Gabriel.

Los dos se quedaron mirando, sorprendido el recién llegado, atrapado su padre.

Su reacción fue atropellada.

—Ah, hola... buscaba... buscaba algo para escribir.

El muchacho no dijo nada. Apretó las mandíbulas. Cruzó el lugar hasta su mesa.

—Aquí –abrió un cajón.

Había una docena de bolígrafos. Rodrigo tomó uno, al azar.

Respiraba con fatiga, y volvía a sentirse irritado. ¿Por qué los nervios? ¿Por preocuparse por su hijo? ¿Por traicionar su privacidad? ¿Qué privacidad? Vivían bajo el mismo techo. Sin secretos. ¿O no?

¿O no?

La ira dio paso a la rabia.

Sabía que Gabriel lo sabía. Ese era el juego.

—Y a ver si ordenas esto, por Dios –masculló arrastrado por aquella tensión–. Huele a tigre.

Caminó hasta la puerta, la alcanzó, la abrió y se dispuso a salir.

—¿Te ha gustado, papá?

Rodrigo vaciló otro segundo, de espaldas.

Luego traspuso el umbral, como si no hubiese escuchado a su hijo.


Marcos buscó la forma de superar el horror que sentía antes de entrar en su casa por última vez.

Las dos palabras repiquetearon en su mente.

«Última vez».

La próxima sería distinto. Volvería con una medalla, con una mención, con todo el honor... Estaba seguro. Ahora más que nunca.

Cuando lo hiciese, Noelia también volvería.

Rendida.

De pronto nada tenía sentido sin ella.

Forzó una sonrisa en sus labios, por si su madre lo sorprendía antes de meterse en el baño y lavarse la cara. No quería que notasen sus ojos enrojecidos, las lágrimas que a traición le habían doblegado el ánimo apenas diez minutos antes. Le quedaba lo peor: la cena. Ni tenía hambre, ni estaba para solemnidades ni para la tristeza de su madre. No creía que hubiese guerra en Oriente Medio, pero él se sentía en guerra contra todos.

Peleando en un mundo injusto.

Gabriel se quedaba, Leticia se olvidaría de todo en dos minutos, para Luis Enrique era un juego emocionante. La única que contaría el tiempo sería también la única para la que todo aquello constituía la peor tragedia de su vida.

Marcos apretó los puños.

Entró en el piso.

—¿Marcos?

—¡Sí, mamá, ya voy!

Logró entrar en el cuarto de baño, cerrar la puerta y mirarse en el espejo. Su aspecto era desolador. Había envejecido diez años, tenía ojeras, una pátina roja en las pupilas, el peso de una emoción envenenada en mitad de la conciencia.

El espejo fue contundente.

—¿Marcos?

—Mamá, un momento, ¿quieres?

—Perdona, perdona...

Abrió el grifo y colocó ambas manos debajo del chorro de agua. Se mojó la cara varias veces, acompasó su respiración. Sabía lo que le esperaba a continuación. Llevaba el eco de lo que seguiría grabado desde el primer momento:

«¿Y Noelia?

»Oh, bien, muy bien.

»Es una chica estupenda.

»Sí, sí lo es.

»Has tenido suerte, hijo.

»Mucha.

»Te escribirá, te dará fuerzas, y tú le escribirás a ella. Tendrás alguien por quien volver además de nosotros.»

Marcos le pidió a todos los dioses que no le preguntaran por Noelia.

—Por favor...

No podía quedarse mucho en el cuarto de baño. Llegaba un poco tarde, aunque a tiempo para la maldita cena. Se secó la cara y las manos y regresó al exterior. Su madre estaba en el pasillo.

No le preguntó por Noelia.

No tuvo que repetir aquel diálogo imaginario.

—Llama a tu abuela, que luego será tarde.

—Lo haré mañana.

—¡Haz el favor! ¡Teníamos que haber cogido el coche para ir a verla, eso hubiera sido lo más natural! ¡Así que llámala!

—Vale –se rindió.

Todo menos que le preguntara por Noelia.

Todo.

Lo que fuera.

Caminó hasta el inalámbrico, lo tomó, abrió la línea y marcó el número. Casi no hubo tiempo para un segundo tono. La quejumbrosa voz de su abuela entró por su oído.

—¿Sí, quién es?

—Hola, fiera.

—¡Marcos! ¡Hola, cariño! ¿Cuándo te vas?

—Mañana a primera hora.

—¡Ay, Señor! –se lamentó la anciana–. Si me llegan a decir que todavía tendría que ver más guerras...

—No va a pasar nada –¿cuántas veces lo había repetido a lo largo del día?–. Tú, tranquila, ¿vale?

—Si es que yo ya no estoy para trotes, hijo. Tú no me des un disgusto y vuelve de una pieza, que ya he enterrado a todos los que tenía que enterrar.

—Pues sí que estás tú animosa.

—Por si acaso, no te metas en líos ni te presentes voluntario a nada. Tú a lo tuyo.

Lo suyo.

¿Qué era lo suyo?

Pensó en el miedo de los viejos a la muerte, pero más a la muerte de los que tienen cerca. Lo que les pesaba era la soledad, llorar por los demás, seguir sin ellos. Una forma de egoísmo tan natural como...

La conversación fue rápida. Nunca sabía muy bien qué decirle, y menos por teléfono. En cuanto podía, ella hablaba de achaques, del dolor, del pueblo. Nada importante. Otro microcosmos. Por lo menos su abuela no le preguntaría por Noelia.

Cuando iba a terminar se puso su madre al teléfono. Más lamentos. Aprovechó para ir a su habitación. Vio a Gabriel. Oyó a Leticia. Vio a Luis Enrique. Su padre también estaba allí.

Todos.

Cada cual a lo suyo.

Se metió en su habitación, se quitó los zapatos. Pensó que una ducha le sentaría mucho mejor que ninguna otra cosa. Salvo llamarla, o que lo llamase ella para decirle que se olvidara de lo que le había dicho. Quedaba una esperanza.

Aquel desconcierto...

—¿Marcos?

—Sí, mamá.

Ella estaba en la puerta. Había terminado de hablar con la abuela.

«Por favor, no».

—¿Qué tal Noelia?


—Leti.

—¿Qué?

—¿Puedo pasar?

—Pasa.

Se coló dentro. Raras veces lo hacía. La habitación de su hermana era territorio comanche, tabú. El lugar más prohibido. No lo entendía demasiado pero...

Luis Enrique miró el póster tamaño natural de Carlos Caro.

¿Cómo podía dormir Leticia con semejante engendro allí delante?

Vio las bragas y el sujetador de su hermana. Otro misterio de la naturaleza. Casi no tenía pecho. ¿O sí? Bueno, no estaba seguro. Comparado con todas las que salían por televisión, Leticia era extraplana. Pero tampoco tanto como para que algunos de sus amigos opinaran que estaba «muy buena».

—¿Qué quieres? –preguntó la chica ante el cauteloso silencio de su hermano pequeño.

Luis Enrique se sentó en el extremo de la cama. Depositó los ojos en el suelo y no los apartó de allí.

—Una mala tarde, ¿eh? –calculó Leticia.

—Total.

—¿Te la has ganado?

El niño se encogió de hombros.

—Mañana habrá acabado todo –repuso su hermana.

—¿Tú crees?

—Pues claro.

—Yo no estoy tan seguro. Mientras Marcos se encuentre fuera, mamá estará nerviosa.

—Eso sí: ella nerviosa y papá por las nubes, desde luego. Menudo panorama.

—¿Por qué papá está siempre tan serio?

Leticia se apoyó en la pared. Contempló la abatida figura de Luis Enrique y sintió una extraña ternura por él. Si a ella aún se le escapaban cosas, imaginó que a su hermano...

—No lo sé –reconoció–, pero esta es una casa de locos.

—Tampoco es eso.

—Pues yo pienso que sí.

Por primera vez se miraron a los ojos, y sostuvieron esa mirada el tiempo suficiente. La diferencia de edad era mínima, algo más de dos años. Pero nunca habían jugado juntos, por ella y por ser chico y chica. Leticia pasaba de Luis Enrique como de la peste. Y los intentos de Luis Enrique por acercarse a Leticia fueron siempre infructuosos. Todo lo más, Leticia mandaba y él obedecía. A veces en plan déspota. Hasta que el pequeño se cansó de ser el sufridor.

—No le pasará nada a Marcos, ¿verdad?

Era la pregunta que había ido a hacerle.

Y Leticia comprendió que no tenía respuesta, aunque sí podía mentir, decirle lo que él, y todos, querían escuchar en un momento como el que vivían.

—No, no le pasará nada. Tranquilo.

Supo que no le había convencido, pero le gustó verle sonreír.


Rodrigo se aseguró de estar solo y no encendió la luz de la habitación de matrimonio hasta que hubo cerrado la puerta.

Encontró lo que buscaba en su lugar habitual, la parte alta del armario, el lugar en el que solían guardarse las cosas que no se utilizaban o los recuerdos que casi nunca merecían una mayor atención que la de saber que estaban allí, durmiendo el sueño del tiempo. Alargó ambos brazos y con cierta dificultad agarró la caja de cartón. Una vulgar caja de zapatos, tan antigua como...

En lo primero que pensó fue en esa paradoja.

La mayoría de las personas mayores guardaban los recuerdos, las fotografías viejas, las postales y cartas antiguas, en cajas de zapatos. Tal vez fuese un símbolo de su generación, una virtud o un defecto. Antes no se tiraba nada, y menos una caja de zapatos, de buen cartón. El estuche de los pies para conservar el legado de la memoria.

Aquel día todo se le antojaba simbólico.

Se sentó en la cama y puso la caja en su regazo. La abrió con la solemnidad propia de las grandes ocasiones, o la que requería aquel instante preciso. Como si se tratase de la caja de Pandora, su quieto contenido pareció cobrar vida. Allí había amores, pasiones, muertos, historia, disparos...

Se concentró en lo que había ido a buscar. Estaba a un lado, envuelto en una gamuza tan vieja como el resto. La tomó, apartó los pliegues, y descubrió el reloj.

Un reloj con casi cien años de antigüedad.

Un reloj de cadena, no de muñeca, de los que lucían los prohombres en el primer tercio del siglo xx, asomando su valor de lado a lado del chaleco.

Era de plata, y estaba oscurecido por la pátina del tiempo. Pesaba, pero se amoldaba a la palma de la mano con todo su empaque. Por delante mostraba el dibujo de un barco. Por detrás era liso salvo por la inscripción ya gastada en la que podía leerse: «En una vida recta, el tiempo no se tuerce». Y la fecha: «21-Septiembre-1927».

Rodrigo lo abrió.

La esfera seguía siendo preciosa, con un blanco amarilleado por la edad y los números romanos punteando las doce partes. Las dos agujas también estaban labradas. Terminaban en punta. Dos flechas precisas marcando la hora. Se habían detenido a las nueve y catorce de algún día lejano. A la izquierda, en la parte interior de la cubierta, faltaba la foto. El hueco era una espera.

Recordó que cuando su padre le dio el reloj, allí ya no había ninguna fotografía.

Pasó una decena de segundos contemplándolo antes de atreverse a efectuar la última comprobación.

Darle cuerda.

Hizo girar la manecilla superior. Una, dos, tres veces. Se llevó el reloj al oído y esperó. Nada. Volvió a manipular la manecilla, ahora más veces, hasta llegar al final de la cuerda. Agitó el reloj con cierta energía antes de volver a llevárselo al oído.

No habría hecho falta tanta proximidad. El tic-tac emergió de su interior como una música celestial. Casi estuvo a punto de gritar. Funcionaba. ¡Funcionaba! Cualquier reloj moderno, con sus pilas y sus cuarzos, se rompía a los pocos años y se tiraba o se guardaba en una caja sin la menor esperanza. En cambio, aquel funcionaba. Procedía de un tiempo en el que los orfebres valían, y en el que los relojes pasaban de padres a hijos, de abuelos a nietos, con la certeza de que seguirían marcando su tiempo. Probablemente no fuera exacto. Probablemente se adelantara o se retrasara. Pero eso era lo de menos.

No iba a dárselo a Marcos para que controlara la hora.

Representaba mucho más que eso.

Rodrigo lo puso en hora y cerró la tapa con la misma mano que lo sostenía, presionando con los dedos hacia el interior. Era una lástima haber pensado tan tarde en ello. De haberlo hecho un par de días antes, habría podido incluir una fotografía adecuada.

O hacer una nueva inscripción.

Lo limpió con la gamuza, por delante y por detrás. Guardó el paño en la caja, la cerró, se puso en pie y se metió el reloj en el bolsillo del pantalón. Luego depositó la caja de zapatos en lo alto del armario.

Cuando salió de la habitación se encontró a Luis Enrique saliendo de la habitación de su hermana. Los dos se miraron, uno preguntándose si no habría estado haciendo alguna trastada y el otro tratando de saber qué había detrás de aquellos ojos siempre tan serios.

—¿Y Leti?

—Ahí dentro.

—Ah.

Continuaron mirándose, uno, dos segundos. Rodrigo acabó sonriendo. Se acercó a su hijo y le pasó la mano por la cabeza.

—Venga –dijo–, vamos a hacer que Marcos se sienta orgulloso de nosotros, como nosotros lo estamos de él.


Tenía que contárselo a Juan Pedro.

De pronto necesitaba estallar, decirlo en voz alta, confiárselo a alguien, convencerse de que era verdad y estaba sucediendo. Porque nada más llegar a casa y sentirse solo, Gabriel empezó a pensar que era un sueño, que lo que acababa de vivir y sentir con Lidia formaba parte de un deseo inalcanzable típico de él. La utopía del romántico.

Temblaba.

Marcó el número de su amigo y esperó. La señal sonó tres veces al otro lado. Era temprano, así que muy probablemente él no estuviese todavía en casa. Casi se sorprendió al escuchar su voz al aparato.

—¿Sí?

—Soy Gabriel.

—¡Hola, tío! ¿Qué haces?

—Tengo cena, ya sabes.

—¡Oh, sí, claro! ¿Qué tal?

Se sintió ridículo. Las chicas hacían eso, llamarse enseguida para cotillear, comentar la última, sacarle punta a todo. Los chicos no. Los chicos fanfarroneaban y poco más. Sin embargo pasó muy rápido de ese sentimiento absurdo.

—Lo de Lidia va en serio.

—¡No jodas!

—Pues sí.

—¡Coññño, Gabrielito, enhorabuena!

—Gracias.

—Pero... ¿en serio, en serio? Quiero decir...

—Sí, sí, en serio.

—Mira que tú eres de esos que se sube a la parra a la primera.

—Que no.

—O sea que la has pringado.

—Si quieres llamarlo así...

—¿Cómo quieres que lo llame? Ya has caído, tío.

Juan Pedro era literalmente un cachondo. No se tomaba nada en serio. O eso aparentaba. Con lo cual, para muchos, era justo al revés: se lo tomaba todo muy en serio pero lo tamizaba con su carácter extrovertido. El mejor de los camaradas.

—Todo ha sido muy rápido.

—Bueno, así es el amor. Un chute. ¿Me das los detalles?

—Hemos hablado esta tarde. Bueno, en realidad... ahora mismo, casi al final, al despedirnos. Un beso, una mirada... Me ha preguntado si era un juego y le he dicho que no. Entonces ha sonreído, ha asentido con la cabeza y me ha dicho que de acuerdo.

—¿Nada más?

—¿Te parece poco?

—¿Pero no te has declarado ni te ha dicho tal o cuál?

—No seas memo.

Hubo un breve silencio.

—Qué fuerte –suspiró Juan Pedro–. Y tal y como eres tú...

—¿Cómo soy?

—Supongo que necesitabas a alguien como Lidia.

—Es ideal, sí –reconoció.

Miró a su espalda. Juraría que había oído un roce. No vio nada. Por si acaso acabó de cerrar la puerta de su habitación, sin salir al pasillo. Le daba igual que ellos supieran que tenía novia, pero todo a su momento. Su padre también le vería pegas a eso. Diría que era un crío, y que seguramente ella era...

—Bueno, pierdo a mi colega —se resignó Juan Pedro.

—No seas burro.

—Cuando hay novia de por medio...

—Te buscas una y salimos los cuatro.

—¡Huy, huy, tú, que yo no me he vuelto idiota!

—¿Yo me he vuelto idiota?

—¿No me dijiste anoche que hasta te has puesto a escribir, solo porque ella cree que eres bueno y deberías hacerlo?

—Eso no es volverse idiota.

—No, eso es empezar a ver y pensar a través de cuatro ojos y dos cabezas. Y no lo digo por criticar, me parece bien. Es genial que estés colgado. Y genial que sea Lidia. Es legal.

Legal.

La palabra exacta.

—Mañana nos vemos, ¿vale?

—¡Qué honor! —se burló su amigo—. ¿Me darás cinco minutos de tu valioso nuevo tiempo? No quisiera separarte de tu amada ni un segundo.

—Vete a la mierda

—Anda, Romeo —soltó una carcajada—. Ya sabes que me alegro. ¡Suerte!

Gabriel cortó la comunicación.

Nada más hacerlo, encadenando el efecto, sonó el timbre anunciando una llamada. Volvió a abrir la línea y se llevó el auricular al oído.

—¿Sí?

—¿Está Marcos?

—Un momento.

—Dile que soy Óscar.

—Vale.

Gabriel salió de su habitación. No pudo dar ni un paso. Marcos estaba allí, con una expresión rara en el rostro, la mirada de cristal y un rictus de nerviosa expectación.

Recordó el roce anterior.

La sensación de que alguien estaba escuchando en el pasillo.

Aunque... ¿qué sentido tendría que Marcos quisiera oír nada de lo que decía?

—Es para ti –le tendió el teléfono.

—¿Noelia? –los ojos de su hermano mayor se iluminaron.

—No, Óscar.

El brillo desapareció de la mirada.

Ya no hubo más.


Marcos se quedó un segundo con el teléfono en la mano, mientras Gabriel entraba de nuevo en su habitación y cerraba la puerta.

¿Qué le estaba sucediendo al mundo?

No era su intención, había sido fortuito, pero acababa de escuchar la conversación de Gabriel con Juan Pedro. Simplemente estaba allí, en el peor lugar, en el instante oportuno. Y aquella frase...

—Lo de Lidia va en serio.

Su hermano Gabriel tenía novia. Él la había perdido. Su hermano Gabriel se quedaba. Él se marchaba. Su hermano Gabriel, la presunta oveja negra, era feliz.

Y encima la llamada...

¿Por qué no era Noelia?

¿Qué quería Óscar? ¿No iban a pasar las siguientes semanas juntos?

¿Y si llamaba Noelia y comunicaba y se arrepentía y...?

¿Por qué Gabriel sí y él no?

—Óscar, pesado.

—Hola, figura. ¿Nervioso?

—No, ¿por qué iba a estarlo?

—¿Has visto el informativo?

—No.

—Un atentado en Jerusalén. Veintisiete muertos. Y los de Al Qaeda dicen que como un solo americano o soldado del país que sea, ponga un pie en La Meca, se va a armar.

—Llevan con atentados y declaraciones de esas todo el tiempo.

—Entonces, ¿qué, dispuesto para matar terroristas?

—No seas animal.

—Y tú no seas ingenuo. Ya te lo he dicho varias veces. ¿A ver si te crees que nos hemos estado preparando tanto para hacer una excursión? Vamos a por esos cabrones, tío.

—No son unos cabrones, solo los terro...

—¡Jo, macho! –lo interrumpió–. ¡Lo rápido que cambiarás cuando te peguen un tiro en el culo! ¡Y si no, yo mismo te voy a dar de hostias! ¡Tendrías que ir con la cruz roja en lugar de vestido de soldado!

—¿Te has tomado algo o qué?

—¿Yo? Nada. pero tengo la adrenalina a tope. ¿Y tú que tal?

—A punto de cenar.

—Digo qué tal con tu nena.

—No puedo hablar —mintió.

—Tienes a la familia cerca, ¿no? ¿En tu casa también están de funeral subido?

—No, normales.

—Pues tienes suerte. Los míos dicen que estoy loco y que no entienden cómo estoy tan tranquilo y contento... Tengo unas ganas de estar ya en el barco. No aguanto más este muermo. Ya verás, será genial.

Genial.

Con Óscar, sin Noelia, con el cerebro del revés, pensando.

Y Gabriel con novia. Increíble.

¿Y cómo sería ella? ¿Como su hermano? ¿Pasota, pelo largo, tatuajes, pacifista, radical?

Óscar seguía hablando, pero él ya no le escuchaba.

La frustración y la depresión formaban un frente común con la rabia y la ira. Era como en esos objetos llenos de un líquido especial, que se inclinaban de un lado y cuando las olas llegaban a ese extremo cambiaban y pasaban al otro.

—He de colgar, Óscar. Mañana nos vemos.

—¡Venga tío, a descansar! —Se despidió su compañero.

Marcos cortó la comunicación y se quedó mirando el inalámbrico.

Ya no volvió a sonar.


Encarna contempló la mesa con satisfacción.

Estaba perfecta, todo a punto, la cena apetitosa, no faltaba nada.

Aunque no fuese una celebración. No podía serlo.

Marcos tenía que irse feliz, sabiendo que estaban

a su lado, que no dejarían de pensar en él, que lo esperarían. Era muy importante. Lo más importante.

Formaban una familia.

Había rivalidades, peleas, roces, diferencia de criterios, caracteres dispares, pero en el fondo eran una familia.

Tenían que serlo.

Todos en casa. Llegaba el momento.

Encarna se juró no llorar. Se juró aguantar el tipo. No en la cena. Ya lloraría bastante por la mañana, con la despedida real. Eso sería inevitable. Pero la cena tenía que ser maravillosa, distendida, incluso alegre y feliz. Ojalá a Gabriel le diera por bromear, y a Leticia por hacer el burro. Incluso Luis Enrique. Eran extraordinarios cuando estaban de buen humor. Gabriel era agudo, Leticia una pura locura juvenil, y Luis Enrique... ¡Dios, qué bobo llegaba a ser a veces, pero también qué encantador! Todavía un niño.

Marcos era más serio. Como Rodrigo. A Marcos le costaba bromear. No tenía sentido del humor. Pero se lo pasaba igual de bien cuando los demás estaban en onda.

No, no iba a llorar.

Se pasó una mano por los ojos.

Resistiría.

La mesa preparada, la cena a punto, el televisor apagado.

Llenó los pulmones de aire y anunció:

—¡A cenar!

# 8

*El día que mi hermano se marchó a la guerra fue el día en que nos mataron la inocencia final.*

*A todos.*

*Aquella horrible cena en la que nos desnudamos realmente...*

*Los nervios, la tensión, los pensamientos ocultos, las verdades calladas, los miedos. La espiral de la sinrazón sumergida en otra clase de guerra más atroz aún que cualquiera de las que pueblan la faz de la Tierra, porque era nuestra guerra, como si el mundo en miniatura se hubiese instalado en nuestro comedor. Mi padre era la fuerza, mamá el diálogo, Marcos un instrumento del poder, Leti el testigo silencioso y Luis Enrique la inocencia, que es lo primero que muere en cualquier guerra.*

*Yo no estoy seguro de mi papel. ¿El pacifismo? ¿La concordia? ¿La rebeldía?*

*Creo más que nunca en mis convicciones, pero precisamente por ellas siento miedo, porque también son una forma más del totalitarismo que tanto temo.*

*¿Moriría por defenderlas?*

*No lo sé.*

*¿Renunciaría para poder seguir viviendo un día más, un segundo más?*

*No lo sé.*

*Confío tan solo en el tiempo para que me ayude.*

*¿Quién dijo «Hay que vivir en la duda absoluta para llegar a la certeza relativa»?*

*Papá: fuiste así porque te hicieron así. Mamá: te quiero porque ahora entiendo que ser madre, y más de cuatro hijos tan diversos, es tal vez la mayor de las proezas y requiere el mayor de los talentos. Marcos: hermano, incluso las dos orillas de un río están bañadas por el mismo caudal de agua. Y vosotros, Leti y Luis Enrique...*

*¿Debería pediros perdón?*

*Aquella noche maldita, ¿pudo ser de otra forma?*

*¿Pude haber callado?*

*Recuerdo un poema que arranca con estos dos versos: «El mundo es de los locos que creen, mientras todos los nadies se desvanecen».*

*Esa noche fue como si, de pronto, no nos conociéramos.*

*Y nada hay más aterrador en una familia que darse cuenta de eso.*

*Es como si todo desapareciera bajo nuestros pies.*

Encarna se rió por primera vez.

No fue una sonrisa, fue una auténtica carcajada. La suma de dos gansadas de Luis Enrique más una salida fuera de tono, pero absolutamente genial, por parte de Leticia. Era como si, por una noche, todo estuviese permitido.

La cena parecía realmente una fiesta.

Marcos era el más serio, huraño y circunspecto. Su madre pensó que el peso de la responsabilidad, al final, había terminado por alcanzarle. Tal vez en aquella cena se daba cuenta del tiempo que pasaría antes de que volvieran a estar todos juntos.

Ni siquiera la Navidad significaba una promesa de regreso a casa.

El más feliz, de pronto, era Gabriel.

Bromeaba, le guiñaba el ojo a Luis Enrique, e incluso había defendido al ídolo de Leticia, el tal Carlos Caro, ante un intento de linchamiento por parte de Marcos.

Gabriel siempre la sorprendía.

A lo mejor, lo de escribir, mal que le pesara a Rodrigo, iba en serio.

A ella se le antojaba que escribir, de lo que fuera, era bonito.

—¿Me traerás arena del desierto? –preguntó Luis Enrique.

—De momento, como no te traiga agua del mar...

—Pero si bajas a tierra, allí todo es desierto, ¿no?

—¿Y las ciudades qué?

—Yo solo digo –Luis Enrique quiso puntualizárselo–, que si-vas-al-desierto, me traigas arena.

—¿Y dónde la meto, pesado?

—En uno de esos tubos de los carretes de fotos.

—¿Pero tú crees que me llevo la cámara en plan turista?

—¿Ah, no? –se extrañó el niño.

—Luis Enrique, ¿cómo va a llevarse la cámara, con lo cargados que ya van los pobres? –repuso su madre.

—¿Y un turbante? Eso no es complicado, digo yo. Seguro que los venden en las turbanterías.

La carcajada fue general, unánime. La segunda de Encarna. Hasta Rodrigo se permitió el lujo de liberar energías.

—¿Qué pasa? ¿Qué he dicho? –protestó el protagonista de la frase.

—¿De dónde has sacado eso de las turbanterías?

—Bueno, no sé –su cara reflejó la lógica que le embargaba–. Si en España las camisas se venden en las camiserías, porque todo el mundo lleva camisa, allá, que todo el mundo lleva turbante...

Volvieron las risas, más breves.

—Hijo –habló Rodrigo–. No creo que a tu hermano le dé por comprar souvenirs. En cualquier caso, si ha de traer algo, que sea para tu madre y para Noelia –al decir el nombre de la muchacha recordó algo de pronto y se dirigió a su hijo mayor–: ¿Se ha quedado muy triste?

Marcos volvió a oscurecerse.

—No.

—Es una buena chica –reconoció el cabeza de familia–. Has tenido mucha suerte con ella.

El silencio fue extraño. Marcos no dijo nada. Miró a Gabriel.

—La invitaremos a comer algún día mientras estés fuera –manifestó Encarna.

Marcos bebió un largo sorbo de agua.

Aunque fueron sus ojos los que lo traicionaron.

—¿Qué te pasa? –le preguntó Rodrigo.

—Nada.

—Es que también, tú, mira que hablarle ahora de Noelia –se lo reprochó su esposa.

—¡Por Dios! –empezó a enfadarse el hombre.

—Venga, ¿qué queréis de postre? –hizo un esfuerzo por cambiar de conversación Encarna.

—¿Hay helado? –se interesó rápidamente Luis Enrique.

—Sí, señor. Helado de chocolate, y también tengo fresas –miró a Leticia–, crema catalana, arroz con leche...

—¡Bien! –aplaudió el más pequeño de la familia.

—¿Me ayudas, Leti?

No hubo ningún reproche por su parte. La chica se levantó y fue tras los pasos de su madre en dirección a la cocina. Regresaron a los dos minutos cargadas con todo lo prometido, para encontrarse con el silencio que ahora unía a los cuatro componentes masculinos. La cara de Marcos volvía a ser una máscara inexpresiva, con los ojos fijos en algún punto infinito situado por delante de sí mismo. Rodrigo miraba a su hijo mayor, Gabriel mantenía aquella extraña sonrisa y Luis Enrique aguardaba con expectación el aterrizaje del helado.

Encarna hizo los honores.

Helado de chocolate para Luis Enrique y Gabriel, fresas para Leticia, crema catalana para Marcos, arroz con leche para Rodrigo. Ella se quedó la última, vacilando sin saber a qué carta quedarse.

Cogió una fresa, la probó, y luego se pasó a la crema catalana.

Fue el punto en que Rodrigo carraspeó.

—Creo que es el momento –dijo.

Consiguió que toda la atención recayera en él, aunque ninguno dejó de comer.

—Quería darte algo, Marcos. Algo que significa mucho para mí, y también para esta familia, aunque no pase de ser un mero recuerdo.

Le vieron meterse la mano en el bolsillo del pantalón.

Y sacar de él un reloj.

El reloj.

Rodrigo lo depositó sobre la mesa y lo abrió. Las manecillas marcaban la hora. El tic-tac de su vieja maquinaria casi podía escucharse por encima de aquel nuevo silencio.

Lo rompió Luis Enrique.

—¡Qué chulo!

La voz del cabeza de familia se revistió de emociones al recuperarla.

—Marcos –dijo solemne–, este reloj perteneció a mi abuelo. Te lo he enseñado algunas veces. Sabes que lo llevaba cuando lo mataron, y sabes que fue lo único que de él pudo conservar mi propio padre. Ahora... quiero que lo lleves tú, que no te separes de él.

Quiero que aquello por lo que murió tu bisabuelo y casi murió tu abuelo, te ilumine y te guíe, hijo.


El reloj era el centro de su universo.

Menos Rodrigo, que hablaba y hablaba a impulsos de la emoción, el resto parecía hipnotizado con él.

Aunque de muy distintas formas.

—... y está mellado, aquí, ¿lo ves? –apuntó con su dedo índice un pequeño deterioro, más parecido a una raspadura que a un golpe, situado cerca de la conexión de la tapa con el reloj–. Pudo ser de la caída al suelo, o tal vez una bala que lo rozase...

Marcos estaba serio.

Gabriel ya no sonreía, todo lo contrario.

Encarna se había puesto pálida.

Pero, todavía, ninguno reparaba en el otro.

Solo en el reloj.

—¿Puedo cogerlo? –preguntó Luis Enrique.

No hubo respuesta.

El niño miró a su padre.

La que habló fue su madre.

—Rodrigo... por Dios... Lo mataron con él.

Fue un gemido, real para todos menos para su marido.

—Es un símbolo –asintió Rodrigo.

—Pero... –Encarna se quedó sin aliento.

La atención sin embargo se la llevo Gabriel. Se puso en pie de un salto, demasiado rápido, demasiado agresivo, demasiado intenso como para pasar desapercibido en mitad de aquella nada en la que se acababa de convertir la cena.

Su padre lo detuvo.

—¿Adónde vas?

—Al lavabo.

El ceño fruncido del hombre chocó con la expresión furiosa de su hijo.

—¿Ahora?

—Sí, justamente ahora.

—¿No puedes esperar?

—No, papá, ya no.

El fruncimiento se hizo más agudo. Rodrigo pasó de Gabriel a Encarna. La palidez de su rostro fue tan o más alarmante que la tez enrojecida de su hijo. Volvió a Gabriel, aún quieto entre dos aguas.

—Siéntate –le ordenó.

—No, papá.

—¿Qué pasa?

—Nada, papá. Tranquilo, ¿vale?

—Por favor, Rodrigo... –susurró Encarna.

—No, ¿quiero saber qué sucede ahora? –abrió las manos impotente.

—¿No querías tener la fiesta en paz?

—¡Haz el favor de sentarte, Gabriel!

—No.

Rodrigo se puso en pie.

—¿Qué has dicho?

—Que no voy a sentarme, papá. Voy al lavabo.

—¿A qué?

—¿Quieres que vomite en la mesa?

Leticia agarró la mano de Luis Enrique. Marcos cerró los ojos. Encarna fue la única que trató de reaccionar, al límite de sus fuerzas.

—Ahora no, por favor... Ahora no... Hoy no...

Se encontró con la mano de Gabriel en el hombro. La presión le hizo cerrar los ojos.

—Lo siento, mamá, pero esto ya... –movió la cabeza en sentido horizontal un par de veces.

—¿Se puede saber de qué estáis hablando? –gritó Rodrigo.

—No lo entiendes, ¿verdad? –le dijo Gabriel, con un súbito aspecto cansado.

—¿Qué es lo que he de entender?

—Todo, papá. Todo.

Miró el reloj en un viaje de ida y vuelta, pero su padre no apartó los ojos de los de su hijo.

La presencia del objeto solo era real ahora para Encarna, Marcos y Gabriel.

—¿Qué? –susurró Rodrigo agotado–. ¿Qué? Vamos, dime, ¿qué? –hizo un último esfuerzo para dominar la ira–. ¿Tu hermano se va para cumplir con su deber y tú no estás de acuerdo? ¿Es eso? ¿Te molesta? ¿Es eso? –la ira acabó venciendo–. ¡Pues guste o no, lo hace por nosotros, por todos, incluido tú, y por el honor de...!

—¿De qué honor hablas, papá? –lo interrumpió Gabriel–. ¿Del que da el petróleo, del que proporciona el dinero, del que se extrae de la sangre de las víctimas, de la imposición de una religión sobre otra, de la humillación del perdedor? ¿Ese es tu honor, papá?

Rodrigo dio un paso al frente. Quedó a dos de su hijo.

—¡Te prohíbo...!

—Gabriel –se escuchó la voz crispada de Marcos–. Voy por mi voluntad, y lo sabes. Nadie me ha engañado. Voy porque es mi trabajo, para ayudar, no para matar. Sabes que yo respeto tus ideas, así que respeta tú las mías.

—¿Quieres que respete esto? –Gabriel señaló el reloj.

Y Encarna empezó a llorar, sin querer verlo.

—¿Se puede saber de qué demonios estás hablando? –rugió la voz de Rodrigo.

Ahora Gabriel no le hizo caso. Seguía dirigiéndose a Marcos.

—¿Vas a llevarlo, hermano?

—¡Claro que va a llevarlo! ¿Nos hemos vuelto locos o qué? –el cabeza de familia levantó las manos al cielo–. ¡Mi abuelo fue un héroe de guerra, un hombre de honor asesinado por la misma barbarie contra la que ahora va a luchar tu hermano, aunque tenga otro nombre.

Encarna levantó una mano.

Demasiado tarde.

La respuesta de Gabriel fue como si se hubiera roto una presa tras la cual esperasen millones y millones de metros cúbicos de agua:

—¡Papá, tu abuelo fue un cacique, un fascista que masacró a todo su pueblo, sembró el terror y traicionó a la República! ¡Por eso lo fusilaron! ¡Por eso y porque también se creía en posesión de la gran verdad! ¡no fue un mártir, fue un asesino!


Rodrigo dio el segundo paso.

Puños apretados, rostro lívido, la presión a mil. Gabriel no se había movido de dónde estaba.

—¡No te consiento...! –le tembló la voz a su padre.

—¿Qué vas a hacer, papá?

—¿Cuánto hace que... piensas esto y...?

—Desde que tengo uso de razón, papá. Desde que leí la historia, hice averiguaciones... No es muy difícil, ¿sabes? El tiempo no lo borra todo. Y la porquería sigue oliendo mal porque quedan los recuerdos.

—¿Y tú hablas de porquerías, con tus ideas izquierdistas, tus fantasías, esa estupidez que te ha dado ahora por escribir mamarrachadas –se dirigió a su esposa, aplastada en la silla, con la cabeza entre las manos, incapaz de reaccionar–. ¡Míralo! ¡vamos, míralo! –volvió a centrar su ojos en él–: ¡Das pena! ¡Serás un desgraciado! ¡Lo serás toda tu vida! ¡No tienes valores ni vergüenza!

—¿Que no tengo valores? –forzó una sonrisa incrédula Gabriel.

—¡No, no los tienes!

—Tengo esto, papa –se toco la frente–. Y esto –se toco el corazón–. Tengo ideas y sentimientos, puedo pensar por mí mismo.

—¡Tú no estarías aquí si tu bisabuelo no hubiese muerto por la libertad!

—¿Libertad? ¿Verdad? –Gabriel arrugó toda la cara–. ¿Por qué os apropiáis siempre de los conceptos básicos? Y de veras os lo creéis, ¿no es así? Estáis tan ciegos con vuestro orden que confundís esa libertad y esa verdad con el fascismo que se nos viene encima a en todo el mundo. ¡La eterna cruzada! –Gabriel apretó los puños–. ¡El dinero es su único norte! ¡Contaminan los mares, talan los bosques, producen efecto invernadero con las industrias de los países desarrollados y ahogan aún más a los países pobres! ¡La globalización es un genocidio! ¡Millones de personas mueren de hambre y nadie hace nada! ¡Millones mueren de enfermedades curables pero las medicinas se venden a precios de oro! ¡Eso es el mundo, y por ese mundo va a pelear Marcos!

Había sido una arenga crispada y visceral. Nadie pudo detenerlo. Encarna seguía con la cabeza hundida, rota y con las piernas incapaces de sostenerla. Luis Enrique y Leticia cogidos de la mano, temblando. Marcos miraba al frente, extraviado y perdido. Rodrigo era el único que se movía, porque se agitaba frente a Gabriel.

—No sabes lo que dices... –consiguió articular.

—Sí lo sé, papá –repuso el muchacho–. Y sé que el bisabuelo fue un asesino, y que el abuelo creció ciego del odio que te traspasó a ti, y que ahora la saga está siguiendo con él –señaló a su hermano mayor.

Fue como si una pequeña explosión nuclear los sacudiera.

Los arrancó de sí mismos, los proyectó en una espiral nerviosa y demoledora. Una especie de ballet sincronizado inmerso en su caos de emociones atravesadas y sentimientos a flor de piel.

Rodrigo cubrió el último paso.

La bofetada pilló desprevenido a Gabriel. Fue muy fuerte, dada con toda la fuerza de su ira. El muchacho trastabilló hacia atrás y cayó. Encarna y Marcos se levantaron. Luis Enrique se abrazó a su hermana llorando por el susto y ésta empezó a gritar.

Rodrigo se abalanzó sobre el desprotegido Gabriel y levantó la mano de nuevo.

Encarna se le puso delante.

Marcos le sujetó.

Los dos se dieron cuenta de que Gabriel no se defendía.

Parecía a punto de llorar, pero no se defendía.

—¿Os habéis vuelto... locos? –gimió Encarna.

—¡Papá¡ ¡Gabriel! ¡Ya basta! –gritó Marcos.

Leticia aún chillaba, pero nadie le hacía caso. El fuego de miradas cruzadas revelaba la magnitud de la guerra.

—Puedes pegarme lo que quieras, papá –dijo Gabriel–. Esa es la diferencia, ¿comprendes? Yo nunca podría pegarte a ti.

Rodrigo hizo un último intento. Quiso soltarse de Marcos.

—¡Suéltame!

Nadie esperaba que, entonces, el que se echara a llorar fuese su hijo mayor.


Durante aquellos segundos, durante el clímax de la pelea, Marcos se había sentido atenazado.

El reloj, dominando la situación.

Su padre, Gabriel...

Durante aquellos segundos, de pronto, Marcos había odiado a su hermano.

Él lo perdía todo, desde Noelia a su vida habitual. Gabriel lo ganaba todo, desde el amor hasta...

Y sin embargo, inesperadamente, al ver a su hermano en el suelo y a su padre dispuesto a seguir golpeándolo...

Lo comprendió.

Lo vio tan claro...

Era su hermano.

Y lo quería.

Y lo entendía, aunque no estuviese de acuerdo con él, ni él pudiera comprender sus razones.

Quería a Gabriel.

—No, papá –gimió mientras lo abrazaba.

—¡Aparta!

—Así no –se apretó contra él–. Así no, papá.

Marcos se separó de su progenitor. Lo miró a los ojos. Su imagen se le deformó por entre las lágrimas. Leticia ya no chillaba, ella y Luis Enrique parecían no contar, abrazados y solitarios. Encarna flotaba de repente entre unos y otros. Sus lágrimas formaban dos ríos copiosos. Sus ojos velados iban de Gabriel a Rodrigo y Marcos.

El silencio fue un disparo.

Seco.

La frase flotó por encima de sus cabezas, por su contundencia, por su significado. Primero lo hizo en forma de nube, después a modo de bomba. Los cubrió e impregnó, los bañó y los caló.

El llanto de Encarna fue lo primero que volvió a oírse.

Y lo último, la voz de Rodrigo, apartando a Marcos.

—De acuerdo, así no, pero se acabó porque él ya no es mi hijo.

Cuando salió del comedor, el nuevo silencio pareció hacerse eterno.

De hecho, lo fue.

# 9

*El día que mi hermano se marchó a la guerra fue el último día que estuvimos todos juntos.*

*Y la última vez que lo vi a él, porque por la mañana se marchó muy temprano y no nos despertó. Ni a Leti, ni a Luis Enrique, ni a mí.*

*Dicen que entró en la habitación de Leti y de Luis Enrique para despedirse, y que les dio un beso en la frente.*

*Les habría gustado sentirlo.*

*Les habría gustado...*

*Sí, les habría gustado mucho.*

*¿Sabéis...?*

*Hubo guerra.*

*Claro que hubo guerra.*

*¿Por qué no iba a haberla, si ya estaban allí todos? Miles de soldados, tanques, camiones, bombas, aviones...*

*Los americanos abrieron el camino, y los demás los siguieron. Me sorprendió descubrir que mi certeza no me causaba más que pena y dolor. Ojalá me hubiese* equivocado. Ello habría significado que Marcos estaría hoy aquí de nuevo. Todo fue en realidad bastante rápido. En las entrevistas que se hacían por televisión las tropas mostraban sus mejores sonrisas.

El enemigo, el terrorismo, era invisible. Ellos no.

El contingente humanitario español desembarcó a las tres semanas.

Dos días después de hacerlo, en una refriega casual, producto de los nervios y no de un ataque orquestado, una bala fortuita disparada por un soldado norteamericano mató a mi hermano.

El soldado se llamaba Harold McKinney y tenía 19 años, como él. Nos envió una carta muy bonita, hablando de muchas cosas, de la mala suerte, del destino. Nos pedía perdón, decía que rezaría mucho por Marcos.

«Cosas de la guerra», dijeron.

Cuando nos mandaron el cadáver, unos días después, no pudimos verlo. Imposible abrir el ataúd. Entre las cosas que nos devolvieron estaba el reloj del bisabuelo. Creo que mamá, en un ataque de desesperación, lo rompió. Y papá no dijo nada. Ya no ha vuelto a decir nada.

A Marcos le dieron una medalla. Está en casa, en una vitrina, junto a su foto. También salió en todos los periódicos, y en la tele. Se hizo famoso por ser el primer soldado español muerto en la Guerra de la Paz, como la llamaron. Guerra de la Paz. Le hicieron homenajes y luego se olvidaron de él.

Un año después, todo sigue igual. Occidente asegura que ha ganado la guerra, pero es un eufemismo. Creo que las guerras ya no se ganan como sucedía antes. Se reajustan y poco más. Luego los odios perseveran hasta que todo vuelve a empezar. Después de *estos meses, de tantos muertos civiles y militares, de protestas y más bombas, todo sigue igual, por más que los políticos se llenen la boca diciendo que el terrorismo ha sido contenido y el mundo libre vuelve a tener esperanzas.*

*El mundo libre.*

*Esperanzas.*

*Los atentados de París, Chicago, Los Ángeles y Estambul han demostrado que nada ha terminado, que todo se mantiene, y se mantendrá en el fiel de la balanza.*

*A veces me pregunto qué es el «mundo libre».*

*Y si, para vivir en él, hay que matar al resto.*

*Me marché a estudiar fuera, porque ya no podía seguir allí. Sigo con Lidia. Jóvenes y locos, tal vez, pero enamorados y vivos. Cuando voy a casa a ver a mamá, percibo el silencio. El mismo silencio que nos dejó aquella noche. Papá y mamá son dos extraños, dos sombras que nunca se hablan. Leti y Luis Enrique están más solos allí de lo que jamás puedan llegar a estarlo en su vida. Pero se apoyan, se apoyan muchísimo precisamente por ello. Y eso hace que me sienta orgulloso de los dos.*

*Nunca olvidaremos a Marcos, y en lo que a mí respecta, jamás cederé en mi odio por la guerra, por todas las guerras estúpidas desatadas por hombres estúpidos.*

*Tengo toda una vida para luchar por ello.*

# Agradecimientos

Gracias a Elsa Aguiar, que me dio el enfoque definitivo de la historia sin saberlo; y gracias a todos los que aman la paz y compartieron la calle pidiéndola por encima de los disparos y las bombas, unas veces verbales, otras reales.

La película que ve Luis Enrique en televisión es *Senderos de gloria*, de Stanley Kubrick, el mejor alegato jamás filmado contra la guerra y los que las desencadenan.

Todo lo que aquí describo es producto de la imaginación basada en la realidad internacional, aunque fuerzas españolas hayan participado ya en «misiones humanitarias» en los conflictos bélicos de estos comienzos del siglo XXI.

Que no te roben la verdad.

Punta Cana (Santo Domingo) y Vallirana (Barcelona), junio de 2003.

*Jordi Sierra i Fabra*

El corazón y la cabeza de Jordi Sierra i Fabra se movilizan ante situaciones injustas y ante los dramas que vive toda la humanidad. Las guerras, los totalitarismos, la esclavitud... son temas importantes de los que quiere hablar a los jóvenes en sus novelas.

Además de ser un gran observador de la vida cotidiana, a Jordi también le apasiona la música pop y rock. Fue comentarista musical y fundador de la revista *Súper Pop*. Su otra pasión es viajar y conocer gente de diferentes países y culturas, y es que él se considera ciudadano del mundo. Pero, eso sí, da igual dónde se encuentre, Jordi siempre procura estar cerca de sus lectores.

Tiene escritos más de doscientos libros y ha ganado los premios más importantes de literatura infantil y juvenil en España. Sus obras se han publicado por todo el mundo y en gran cantidad de idiomas.

JORDI SIERRA I FABRA *nació en Barcelona en 1947. En la colección* Alerta Roja *puedes leer* **CAMPOS DE FRESAS, LA MEMORIA DE LOS SERES PERDIDOS, RABIA, CASTING, EL ROSTRO DE LA MULTITUD** *y* **FRONTERA.** *Y en* Gran Angular *podrás disfrutar con* **LA VOZ INTERIOR** *y* **VÍCTOR JARA.**

También puedes visitar su página web:
www.sierraifabra.com

**SI TE HA EMOCIONADO LA GUERRA DE MI HERMANO Y TE PREOCUPA LO QUE SUCEDE A TU ALREDEDOR, NO DEJES DE LEER FRONTERA,** la historia de Amina, una chica que huye de su casa porque sus padres la quieren mandar a Marruecos para casarla con un hombre mayor. Amina se quiere quedar en España y se va a refugiar en casa de su amiga Estefanía. Allí descubrirá la amistad y el verdadero amor.

**FRONTERA**

*Jordi Sierra i Fabra*
Alerta Roja n.º 56

**SI, AL IGUAL QUE GABRIEL, TE SIENTES INCOMPRENDIDO Y EN LUCHA CONSTANTE CON TUS PADRES, TE GUSTARÁ RABIA,** y cómo Patricia vive sus diecisiete años. Ella tiene muy claro lo que le gusta hacer: escribir, componer y leer; pero parece que nadie la entiende. Hasta que Jordi aparezca y la ayude a realizar sus sueños.

**RABIA**

*Jordi Sierra i Fabra*
Alerta Roja n.º 34

NOCHE DE VORACES SOMBRAS

SI LEYENDO **LA GUERRA DE MI HERMANO** TE HAS DADO CUENTA DE LAS HERIDAS QUE DEJAN LOS CONFLICTOS, NO TE PIERDAS **NOCHE DE VORACES SOMBRAS**, donde vivirás cómo una guerra rompe el porvenir de dos jóvenes enamorados. Durante las vacaciones de verano, Sara va a descubrir las cartas que enviaba su tío Moncho a una joven que también se llamaba Sara durante la Guerra Civil.

**NOCHE DE VORACES SOMBRAS**

*Agustín Fernández Paz*
*Gran Angular n.º 247*

SI TE HA GUSTADO LEER CÓMO VIVEN LOS SOLDADOS SU PARTIDA A UNA DIFÍCIL MISIÓN, TE GUSTARÁ LEER CÓMO PASA PARTE DE SU MILI EL PROTAGONISTA DE **MORIRÁS EN CHAFARINAS**, y la oscura trama en la que se ven envueltos los altos cargos de un cuartel de Melilla.

**MORIRÁS EN CHAFARINAS**

*Fernando Lalana*
*Gran Angular n.º 102*

# EDUCACIÓN PARA LA PAZ

- Las situaciones de guerra pueden cambiar y la opinión pública debe contribuir a ello.
- Los conflictos no se pueden evitar, pero sí su resolución por medios violentos.
- La guerra siempre es un mal mayor.
- La fabricación y el comercio de armas acentúan el nacimiento de nuevos conflictos.
- Muchos conflictos se originan por la pobreza y la injusticia. Para eliminar estos males se necesita inversión en desarrollo.

«EL MIEDO ES EL CAMINO HACIA EL LADO OSCURO. EL MIEDO CONDUCE A LA IRA, LA IRA AL ODIO, Y DEL ODIO SURGE EL SUFRIMIENTO.»

*La Amenaza Fantasma (Star Wars)*, George Lucas, 1999

# alerta

## POR TODO EL MUNDO HAY CONFLICTOS

- **África:** Espiral de violencia agravada por hambrunas, sequía e inundaciones. Miles de refugiados y muertos en Angola, Argelia, Sahara Occidental, Liberia o Somalia.
- **Oriente Próximo:** El conflicto palestino-israelí. Atentados suicidas y violación de los derechos humanos genera deseos de venganza.
- **EE UU-Irak:** En pleno siglo XXI, una guerra "moderna" pero, como todas, devastadora. ¿Guerra de liberación, de ocupación o preventiva?
- **Asia:** Fundamentalismo, terrorismo y dictaduras en Afganistán, Corea, Filipinas, Nepal o Timor Oriental.
- **Europa:** Terrorismo en España, Irlanda del Norte y Kosovo.
- **Eurasia:** Conflictos en Chechenia y Kurdistán.
- **América:** En Colombia, el narcotráfico y los paramilitares han provocado más de 60.000 muertes en las últimas cuatro décadas. Otro foco de conflicto: Chiapas, en México.

Cada mes, unas 2.000 personas mueren o resultan heridas a causa de munición sin estallar.

**Un verano en La Goulette**  Director: Ferid Boughedir (1996)
Una comedia que muestra la convivencia pacífica entre árabes, judíos y cristianos.

**En tierra de nadie**  Director: Danis Tanovic (2001)
Crítica del conflicto en los Balcanes.

- **La cortina de humo**  Director: Barry Levinson (1997)
Cómo se puede manipular una guerra a través de los medios de comunicación.

Otras películas interesantes donde se reflejan las consecuencias de la guerra son:

- **El pianista**  Director: Roman Polanski (2002).
- **Kandahar**  Director: Mohsen Makhmalbaf (2001).

## PARA LEER

- **El tambor de hojalata**, de Gunter Grass. *Edit. Alfaguara.* Oskar se niega a crecer después de contemplar las atrocidades de la guerra.

- **Las guerras olvidadas**, de González Ochoa J. M./Montes A. I. Colección Flash n.º 66. *Edit. Acento.*

# SABER MÁS

### AGENTES QUE COOPERAN BUSCANDO LA PAZ

1. **FUERZAS ARMADAS**
Si quieres conocer las tareas humanitarias que realizan las tropas españolas en diversos lugares del mundo:
http://www.mde.es/mde/mision

2. **ONG + ORGANISMOS INTERNACIONALES**
http://www.nodo50.org/
http://www.fundacioperlapau.org/
http://www.un.org